이렇게 누추어 있어도 괜찮을까

이렇게 누군가 있어도 괜찮을까

오늘도 고립의 시간을 살아가는 여성 청년들

안예슬 지음

이매진

[이매진의 시선 19]

이렇게 누워만 있어도 괜찮을까
오늘도 고립의 시간을 살아가는 여성 청년들

초판 1쇄 2023년 10월 13일
지은이 안예슬
펴낸곳 이매진 펴낸이 정철수
등록 2003년 5월 14일 제313-2003-0183호
전화 02-3141-1917 팩스 02-3141-0917
이메일 imaginepub@naver.com
블로그 blog.naver.com/imaginepub
인스타그램 @imagine_publish
ISBN 979-11-5531-142-4 (03800)

일러두기

- 안예슬이 쓴 석사 학위 논문 〈여성 청년의 사회적 고립 경험에 관한 젠더 연구 ─ 비혼 여성 청년의 미취업·고립 경험을 중심으로〉(성공회대학교 NGO대학원, 2023)를 고치고 내용을 덧붙인 책이다.
- 이 책에 등장하는 여성 고립 청년 당사자는 모두 가명이다.

프롤로그

말 빌리기

'이렇게 누워만 있어도 괜찮을까…….'

　5년간 이어진 직장 생활을 마무리하고 맞이한 백수 생활의 기쁨은 오래가지 않았다. 종일 누워 있는 시간이 길어졌고, 끼니를 챙기기도 힘들어 허기가 극에 다다른 때 간신히 몸을 일으켜 대충 눈에 보이는 음식을 먹었다. 사실 누워만 있으니 배가 자주 고프지 않았다. 한동안은 그동안 내가 맺은 인간관계를 돌아봤다. 왜 나를 찾아주는 사람이 없는지 생각했다. 이유 없이 갈 수 있는 곳과 그냥 만날 사람이 없다는 현실이 마치 잘못 살아온 증거처럼 느껴졌다.

　어쩌면 당연한 일이었다. 직장 다니는 동안에는 일 마치고 집에 오면 너무 피곤해서 다른 활동을 할 여력이 없었다. 직장에서 맺은 관계와 업무만으로 내 삶은 벅찼고, 나 자신과 그 밖의 관계를 생각할 에너지는 남아 있지 않았다. 아무에게도 간섭받지 않고 살고 싶어 몇 해 전 독립도 했다. 이 집에서 나를 챙기는 존재는 나 자신뿐이었다.

고립의 시간 속에서 대학원에 복학했다. 논문 연구 주제를 정하고 연구 지원을 받으려 한 기관에 면접을 보러 갔다. 면접이 시작되자 전처럼 사람 눈을 쳐다보기 어려웠고, 면접관이 던진 질문에 횡설수설 이상한 말을 했다. '연구 지원 안 받아도 되지 않을까?'라는 생각과 '아니야, 연구하려면 돈이 필요해'라는 상반된 생각이 번갈아 마음을 괴롭혔다. 지금껏 경험한 적 없는 불안과 혼돈이었다. 고립된 시간은 내가 알던 나하고 다른 모습을 만들어냈다. 생각해보니 그 주에 사람을 만나 나눈 말은 도서관 경비 아저씨하고 주고받은 '안녕하세요'가 전부였다.

나는 청년을 지원하는 한 기관에서 일했다. 퇴사하기 전까지 '고립 청년'을 발굴하려는 인터뷰와 연구, 지원 사업을 진행했다. 그때까지는 고립 청년 범주에 나도 속할 수 있다고 생각하지 못했다. 스스로 고립 청년이 된 뒤에야 내가 참여한 보고서를 다시 살폈다. 그 속에는 여성이자 청년으로서 겪은 나의 경험, 그리고 우리의 경험이 보이지 않았다. 나는, 우리는 그저 숫자로 남아 있을 뿐이었다. 이 숫자 속 사람들이 어떻게 살아가고 있을지, 어떻게 고립의 시간을 버텨내고 있을지 궁금해졌다.

나는 일하지 않을 때 고립을 경험한 여성 청년이 주인공인 석사 논문을 썼다. 연구를 진행하는 동안 왜 여성 청년이냐는 질문을 종종 받았다. 단순하게 답하자면 나 스스로 여성 청년이기 때문이다. 사회에서 이야기하는 청년으로는, 그리고 여성으로는 내 삶을 충분히 설명할 수 없다고 느낀다. 정신 건강 분야에서 여성 청년에게 집중하고 있지만, 20대 여성의 경험은 여자 대학생의 경험으로 30대 여성의 경험은 기혼 여성의 경험으로 쉽게 흡수된다. 청년 고립 연구에서는 여성 청년으로 겪은 우리 이야기가 강조되지 않는다. 그렇게 우리의 경험은 축소돼 마치 없는 존재처럼 느껴진다.

인터뷰를 진행한 결과 여성 청년이 고립되는 과정에는 가부장적 억압과 불안정 노동의 문제가 복잡하게 얽혀 있다. 이런 공통 경험이 있는데도 여성 청년들은 자기 자신을 탓했고, 사회는 물론 주변에서 어떤 도움도 받을 수 없다고 생각했다. 바로 여기에서 나는 내가 쓴 논문을 책으로 내자고 마음먹었다. 여성이자 청년으로 이 사회를 살아가는 사람들 이야기를 오롯이 담아내고 싶었다. 나의 경험이 우리의 경험이라는 사실을 전하고, 더 나아가 고립 청년으로 호명되는 이들 속에 다양한 서사가 있다는 현실을 밝혀야 했다.

나는 석사 논문을 기반으로 이 책을 썼지만, 정작 논문에는 내 이야기가 없었다. 내 고립 경험을 이야기하려고 다른 사람들 말을 빌렸다. 이매진 정철수 편집자는 내 이야기를 원했다. 논문에 내 경험이 이미 담겨 있다고 생각했지만, 막상 내 이야기를 쓰기 시작하자 새로운 내용이 등장했다. 섭식 장애, 사회성, 반려동물 이야기를 더 풍성하게 쓸 수 있었다.

여성 고립 청년 10명을 만나며 느낀 죄책감이나 부담감도 담아냈다. 인터뷰는 일대일로 진행했다. 우리는 분위기 좋은 카페나 스터디 룸에서 만났다. 일상 공간에서는 아무에게도 털어놓지 못한 고통을 이야기했다. 이 10명 덕분에 이 책을 쓸 수 있었다. 그이들이 한 말과 보여준 용기에서 힘을 얻어 내 고통과 서사를 담담하게 풀어냈다. 가명으로 등장하는 연우, 세진, 이름, 서우, 성현, 이정, 재희, 하민, 서진, 수현에게 깊은 공감과 감사를 전한다.

연구 주제를 정할 때 도움을 준 선배 기현주에게도 고마움을 전한다. 내가 안정적으로 일하고 좋은 동료를 만든 조직의 전제가 된 사람이다. 주말마다 내가 굶지 않도록 신경 써준 애인에게는 미안함과 고마움을 전한다. 나를 만나기 전까지는 돌봄 노동을 하지 않다가 나 때문에 요리를 배우기 시작한 사람이다. 쉽지 않은 일이라 생각한다. 마지막으로, 나를 세상에 내놓고 어린 시절을 함께 보낸 이유로 끊임없이 내 글감이 되는 엄마와 아빠, 오빠에게 양해를 구한다. 이 책에도 우리 가족 이야기가 담겨 있다. 나는 언제나 아무 허락을 받지 않고 '내 이야기'라 주장하며 우리 이야기를 한다. 그리고 이번에도 용서해주리라 믿는다.

　나는 아직도 하루 중 많은 시간을 누워서 보낸다. 그렇지만 이 책을 쓰기 전보다 편한 마음으로 누워 있다. 혼자 녹취를 들으면서 많이 울고 웃었고, 우리는 모두 연결돼 있다는 느낌을 받았다. 이 작은 책에 여성 청년의 삶을 다 담아낼 수는 없다. 이 책을 읽은 여성 청년이 자기하고 연결되는 이야기를 마주하고 삶 속의 괴로움, 무기력, 우울, 분노, 버티기를 조금이나마 해석하기를 바랄 뿐이다.

1부

/

고
립

고립의 반복

만으로 서른세 살 된 지금까지 나는 고립을 두 번 경험했다. 처음은 대학에서 여덟 번째 학기를 마무리한 직후 취업이 되지 않아 졸업을 연기한 시기였다. 첫 직장에 들어갈 때까지 2년 정도 많은 시간을 혼자 보냈다. 다음은 7년 동안 멈추지 않은 일을 처음으로 그만둔 때였다. 꼭 필요한 일이 아니면 사람을 만나지 않고 밖에도 안 나갔다. 고립은 일이 없는 공백의 시간에 발생했다. 일이 없다는 사실은 굳이 외출할 필요가 없다는 뜻이다. 애써 몸을 일으키고, 씻고, 챙겨 먹고, 외출복 입고, 신발 신고, 집밖으로 나갈 필요가 없었다.

첫째 번 고립의 시간에는 내가 고립 상태라고 생각하지 못했다. 청년이라는 단어와 고립이라는 단어가 연결되기 전이었고, 니트^{NEET}*라는 단어도 익숙하지 않았다. '취준생'(취업 준비생)이라는 단어가 더 자주 쓰였다. 취준생은 내 상황, 사회적 위치, 객관적 상태까지 설명했다. 2년여 동안 취준생으로 살면서 점점 사람을 만나는 빈도가 줄었다. 대학생 시절부터 참여한 취업 스터디와 영어 회화 모임은 '취뽀'**한 사람이 나오면서 자연스레 사라졌다. 각자 다른 이유로 휴학한 대학 동기들은 복학해서 바쁜 나날을 보내고 있었다. 평일에는 취업 준비를 하고 주말에는 아르바이트를 했지만, 취업 준비 기간이 3개월, 6개월, 1년을 넘어가면서 우울감이 지속됐다. 낮에는 집 밖에 나가지 않고 누워서 지내는 시간이 늘었다.

어느 날 엄마가 운동이라도 하라며 집 근처 헬스장에 등록했다. '3달 9만 9천 원!'이라고 크게 써 붙인 곳이었다. 오후에 잠에서 깨면 일단 헬스장으로 향했다. 등록할 때 트레이너가 알려준 대로 유산소 운동부터 하고 복근과 하체 운동을 했다. 씻고 나오면 세 시간 정도 지나 있었다. 집에 가도 할 일이 없으니 최대한 헬스장에서 오래 시간을 보냈다.

헬스장 이용 기간이 한 달 정도 남은 때 나도 '취뽀'에 성공했다. 정확히 말하면 지역에 있는 작은 단체에서 계약직 일을 시

---

* 'Not in Education, Employment and Training'을 줄인 말로, 학업이나 일을 하지 않고 직업 훈련 과정에도 참여하지 않는 사람을 가리킨다.

** '취업 뽀개기'를 줄인 말로, '취업 성공'이라는 뜻으로 쓴다.

작했다. 아무것도 하지 않을 때보다 활력이 넘쳤고, 첫 사회생활을 잘 해내고 싶어 매일 바쁘게 지냈다. 계약 기간이 끝나기 전에 자격증을 더 취득해 진짜 '취뽀'에 성공할 계획이었다. 고립의 시간은 쉽게 잊혔다.

계약 기간이 끝나고 단체에서 더 일하자는 제안을 받았다. 사실은 더 일하고 싶다는 뜻을 내비치자 단체 대표가 자기 인건비를 줄여 나를 채용했다. 채용이라고 하지만 4대 보험에 가입하지 않아 비정규직도 들어가지 못하는 일용직 근로자 신분이었다. 그 뒤 1년 반 정도 지난 때 어느 광역 단위 조직에서 일자리를 제안했다. 정규직인데다가 광역 단위 업무를 해볼 기회라서 망설이지 않고 자리를 옮겼다. 그곳에서 꼬박 5년 동안 일했다. 퇴사 위기를 여러 번 맞지만 그때마다 동료들이 도와줘서, 상담과 명상이 준 힘 덕분에 고비를 넘었다. 그래도 번아웃은 쉽게 극복할 수 없었다. 번아웃이라는 말도 지겨워질 즈음 퇴사를 준비하기 시작했다.

먼저 전세 대출을 갚았다. 시간 외 수당이니 출장비를 받으면 바로 은행 애플리케이션에 들어가 대출을 갚았다. 다음은 노트북. 퇴사하면 지금 쓰는 노트북은 회사 비품이 될 테니 노트북을 장만해야 했다. 새 회사에 들어갈 입사 지원서를 쓸 스펙이 되는 '가성비' 좋은 저가형 노트북을 샀다. 마지막으로 치과 치료가 남았다. 백수가 되면 병원에 자주 가기도 부담되고 혹시나

값비싼 치료를 받아야 하는 상황이 닥칠지도 모르니 미리 충치를 치료했다.

1년에 걸친 준비 끝에 언제 퇴사해도 아쉽지 않은 상태를 만들었다. 예상대로 회사에서는 크고 작은 사건이 계속 벌어지고 더는 버틸 필요를 느끼지 못하는 단계가 왔다. 위험 요소를 모두 제거한 나는 당당하게 퇴사 의사를 밝혔다. 동료들이 생활비는 어떻게 하느냐 걱정해도 퇴직금과 그동안 모아둔 돈이 있으니 문제없었다.

당연히 그전에 경험한 고립의 시간 따위는 안중에도 없었다. 철저한 준비성에 감탄하면서 백수의 길에 접어들었다. 미뤄둔 집안일을 하나씩 해결하고 생각만 하던 운전 연수를 받았다. 안 쓰는 물건을 정리해 '당근마켓'에 팔고 오랫동안 못 본 친구를 만났다. 가장 행복한 때는 외출복도 실내복도 아닌 애매한 옷을 입고 낮에 시장에 가서 온갖 물건과 음식을 구경하는 시간이었다. 이 시간에, 이 장소에 있다는 사실이 가슴 벅찼다.

집에 있는 시간이 길어지자 고립이 시작됐다. 일할 때는 쉴 새 없이 울리던 전화와 메신저 알람이 침묵했다. 집에 더 정리할 물건이 없으니 '당근마켓'을 찾을 일도 없었다. 온종일 누워 있어도 아무도 뭐라고 하지 않았다. '예슬, 밥 안 먹어?'라고 묻는 사람이 없으니 아예 굶기도 하고 과자로 대충 때우기도 했다. 할 일이 없으니 잠이 늘었다. 잠에서 깨도 누워만 있으니 곧 다시 잠들었다. 낮에 너무 많이 자서 밤에는 잠이 오지 않았다. 유튜브와 넷플릭스를 보면서 뒤척이다가 새벽에야 잠이 들었다. 첫째 번 고립하고 별반 다르지 않은 일상이 시작됐다. 이런 상황에 익숙해지면서 두려움이 싹텄다. '다시는 이 방을 나가지 못하겠구나, 다시는 일을 할 수 없겠구나.'

고립의 나날 속에 대학원에 복학했다. 학기가 시작되면 고립이 사라질 줄 알았는데, 전혀 그렇지 않았다. 수업이 끝나면 곧장 집으로 왔다. 쉬는 시간에 동기들하고 새로운 이야기를 할 때면 어색하게 주절거렸고, 뒤풀이 자리에는 가지 않았다. 대학원 수업에 다녀오면 다음 날부터 온몸이 지쳐 이틀 동안 아무것도 할 수 없었다. 누가 만나자 하면 시간 많다며 흔쾌히 그러자 하고는 약속한 날에는 몸을 일으킬 수 없어서 취소하는 일도 잦았다. 내 상태에 상관없이 대학원 커리큘럼은 정해진 대로 앞으로 나아갔다.

이제 논문 주제를 정할 때가 됐다. 여성 청년으로서 정규직 일자리에 진입하고 버티기가 얼마나 힘든지 온몸으로 겪은 만큼 여성, 청년, 일자리를 열쇠말로 주제를 고를 생각이었다. 그러다 약속을 미루고 미루던 오랜 동료를 만났다. 동료는 논문 주제가 고민된다는 내 이야기를 듣다가 말했다.

"예슬, 청년 고립에 관해 쓰면 어때? 너 센터에서 하던 일이잖아. 너만큼 고립 청년 많이 만나본 사람 별로 없을걸."

퇴사하기 전에 다닌 직장은 서울시에 사는 청년들을 지원하는 민간 위탁 기관이었다. 청년 고립을 분석하려고 설문을 돌린 적이 있었다. 설문 결과를 바탕으로 고립을 판단하는 기준을 다양하게 제시하고 고립 가능성이 큰 사람을 직접 만나 인터뷰했다. 그런 경험을 살려 인터뷰를 하고 논문을 쓰면 일이 쉬울 듯했다. 고립 청년을 논문 주제로 확정하고 사람을 만나기 시작했다. 알고 지낸 기관에 부탁해 여성 청년을 섭외했다. 그렇게 만난 열 명에 관한 이야기에는 내 경험이 조금씩 들어 있었다.

성현이 한 경험은 내 첫째 고립 경험하고 닮아 있다. 성현도 취업을 준비하는 시기에 고립을 경험했다.

> 제가 딱 그 시점이 졸업한 직후였어요. 제가 대학교 3학년 때부터 졸업하고 뭘 해야 할지 전혀 감이 안 오는 거예요. …… 고등학교 때 친구도 있고, 다 있는데, 연락을 전부 다 끊는 시기가 있었어요. 애들이 뭐 연락이 와도 그냥 전화를 안 받고 …… 그러면서 연락할 사람이 정말 전혀 없고, 가족을 제외하고는 그냥 다 연락을 끊고 살았었어요. 지금까지. ─ 성현

대학을 졸업한 직후 나는 고립 상태라고 스스로 인식하지 못한 채 무척 위축돼 있었다. 정말 필요한 일이 아니면 먼저 연락하지 않았다. 성현처럼 나도 일부러 외부 연락을 끊은 걸까,

아니면 자연스레 연락이 줄어든 걸까? 잘 기억나지 않는다.

한번은 오랜만에 과 동기들이 연락했다. 네 집 근처니까 너도 나오라고 했다. 별생각 없이 만나러 나섰다. 우리는 늘 하던 대로 술집에서 술과 안주를 먹고 2차로 노래방에서 노래를 불렀다. 늘 만나는 친구들이고 늘 하던 대로 하면서도 전혀 즐겁지 않았다. 이 세계와 나 사이에 거리가 느껴졌다. 취업이라는 세계에 속하지 못하고 친구들이 살아가는 세계에서 혼자 붕 떠 있는 기분이었다.

첫째 번 고립 시기에 나는 가족하고 함께 살면서 종종 아르바이트를 했다. 기준을 어디에 두는지에 따라 가족하고 함께 살거나 일을 하면서도 고립될 수 있다. 한동안 청년 고립은 히키코모리 같은 은둔 개념에 한정됐다. 그렇지만 내가 만난 열 명 중에는 외출은 하면서도 다른 사람하고 소통하지 않는 사람도 있고, 소통하더라도 공감받지 못해 고립감을 느끼는 이도 있다.

고립 상태를 정의하는 기간도 목적에 따라 다르다. 3개월 이상 사회 참여를 하지 않거나 1년 넘게 미취업인 상태를 고립으로 정의하기도 한다. 3개월, 1년이라는 명확한 기간은 '지원 대상'에 초점을 맞춘다. 이런 조건은 주로 기관 보고서나 지방자치단체 조례에 명시돼 있는데, 취업 장려가 목적인 만큼 사회참여나 취업 여부를 기준으로 본다. 아무튼 그런 기준으로 보면 나는 고립 청년이 아니었다.

여성 고립 청년들은 고립의 시간을 분절적으로 설명했다. 어떤 이는 일을 하지 않을 때마다 고립감을 느낀다고 말했다. 일하지 않을 때는 고립감에 시달리고, 일하는 동안에는 또 다른 어려움을 겪는 식이다. 분절은 반복을 가리키는 다른 말이다. 나처럼 많은 이들이 여러 번 고립을 반복하거나 미래에 또 고립될 가능성을 걱정했다. 또한 반복되는 고립은 단기 일자리, 곧 반복되는 실업에 직접 연결된다.

내 첫 일터인 시민단체는 서울시에서 지원금을 받아 계약직 일자리를 만들었고, 나는 집에서 정부 지원 일자리를 알아보다가 우연히 채용 공고를 보고 지원했다. 여성 고립 청년들은 대부분 정부가 지원하거나 직접 운영하는 단기 일자리에 종사하고 있었다. 정부가 지원하는 기업 인턴십에 참여하는 성현은 인턴 기간이 끝난 뒤에 다시 고립이 시작될까 걱정했다.

음. 다시 그런 힘들었던 시기가……글쎄요. 근데 그때는 시야가 되게 좁았기 때문에 그런 상황이 있었나 싶기 때문에. 지금은 또 그런 시기가 온다면, 만약에 지금 지원받고 있는 교육 사업이 끝나고 나서가 살짝 또 걱정이기는 하거든요. 그래도 길이 있다는 사실은 알고 있다는 게 그 당시와는 차이점인 것 같아서 어떻게든 잘…….

뭔가 일을 할 것 같아요?

네, 일을 구할 것 같아요. 일단 알바를 하면서라도 포트폴리오도 쌓아보고 그런 시기가 있지 않을까. 만약에 차이가 있다면 그런 도전을 해볼 수 있는 부분이 있을 것 같아요.

'시야가 좁았기 때문'에 고립을 겪는다고 생각하는 성현은 새로운 일을 찾거나 포트폴리오를 만드는 등 행동을 변화시켜 고립을 예방하려 한다. 그렇지만 고립이 온전히 개인 탓일 리 없다. 성현이 고립으로 접어든 과정은 복잡하다. 앞으로 살펴보겠지만 성현이 겪은 고립에는 아버지가 휘두르는 가정 폭력 때문에 생겨나는 무력감과 진로 이행에서 겪는 어려움이 복잡하게 엮여 있다.

프리랜서로 일하는 수현에게 단기적 실업은 익숙하다. 일이 없는 7월부터 8월 사이, 12월에서 1월 사이에 고립을 경험한 적이 있는 수현은 이제 미리 대비책을 세운다.

7월이나 8월에 느낀 고립감이 12월이나 1월에 다시 올 수 있는 거잖아요. 그때는 어떻게 하실 건가요?
제가 12월, 1월에는 고립감이 오지 않을 확률이 높은 게, 경전 대학을 다니고 있을 거예요. 제가 계산을 했어요. 경전대학 등록할 때 '학사 일정이 어떻지?' 보니까 2월 즈음에 끝나더라고요. '잘 됐다!' 그래 가지고 등록한 거죠.

우리는 모두 일이 없는 공백기에 고립을 경험했다. 그렇지만 고립보다 우리에게 익숙한 단어는 단기 일자리다. 계약직, 비정규직, 요즘에는 프리랜서라 불리는 모호한 일자리가 소득과 업무의 공백을 만든다. 이 공백이 고립으로 이어진다. 그전에 고립을 경험한 이들은 앞으로 고립이 반복될 상황을 염려해 수현처럼 자기만의 대비책을 세우기도 한다. 반면 자원이 부족하거나 고립이 익숙하지 않은 이들은 별다른 대비책이 없어서 다시 고립될 가능성이 크다. 세진이 바로 그런 사람이었다.

만약 다시 고립되는 상황에 놓인다면 그때는 어떻게 대처할 것 같나요?

(침묵) 모르겠어요.

그럼 어디에 전화할 것 같아요? 누군가에게 연락을 한다면.

어……누구한테 연락을 해야 되지?

생각나는 사람이 딱 없나요?

네. 약간 그 친구한테 연락하면 둘 다 이러니까(힘드니까) 하기도 싫고.

일의 공백은 고립에 밀접하게 연결돼 있지만 그렇다고 공백이 고립을 불러오는 절대적 원인이라고 볼 수는 없다. 고립은 매우 느리게 시작된다. 오랫동안 쌓인 상처와 그 상처가 덧나면서 굳어진 습관 때문에 고립되기도 하고, 충격적인 사건이나 질병 탓에 고립이 시작되기도 한다.

우리는 여성 청년 대부분이 불안정 노동을 경험한다는 사실에 주목해야 한다. 90년대생 여성 청년의 일 경험을 살펴보면 평균 세 번 넘게 이직한다.[*] 주로 넷째 번에서 여섯째 번 일자리 이동 과정에서 진입한 고용 형태가 지속되는데, 여기에서 중요한 점은 첫째 번 일자리가 정규직인지 비정규직인지에 따라 실업 경험이 다르게 나타난다는 사실이다. 정규직에서 실업 상태로 이동한 집단은 3.4퍼센트이지만 비정규직에서 실업 상태로 이동한 집단은 9.9퍼센트다. 비정규직으로 처음 진입한 여성 청년이 실업을 더 자주 경험하는 셈이다. 불안정 노동은 불가피한 공백기를 만들고, 이런 공백은 우리를 다시 고립으로 이끈다. 불안정 노동이 반복된다면 고립은 반복될 수밖에 없다. 개인적 자원을 지닌 이들은 반복되는 고립을 예방하고 대처하지만, 자원이 없는 이들은 다시 고립되더라도 별다른 해결책이 없다.

---

[*] 박선영, 〈설문조사를 통해 본 90년대생 여성노동자의 노동이력과 삶〉, 《유예된 미래, 빈곤을 만드는 노동 ─ 90년대생 여성노동자 실태조사 토론회 자료집》, 2021년 11월 16일, 75~77쪽.

문 닫은 김밥집 앞에서

"공무원 시험 합격은 에듀윌, 공인중개사 시험 합격은 에듀윌."

내가 백수라는 사실을 누가 알려주는지 유튜브를 열면 온갖 학원 광고가 뜬다. 종일 유튜브만 보는 사람에게 종일 학원 광고를 보여주다니, 너무하지 않느냐고. '건너뛰기'도 누르기 귀찮아 광고를 멍하니 보는데 눈길 끄는 장면이 나왔다. 한 공무원 기숙 학원에서 주는 화려한 뷔페가 마음을 사로잡았다. 아침, 점심, 저녁을 매일 주는데 원하는 시간에 마음대로 먹을 수 있다고 한다. 공무원 시험 준비는 안 하고 그냥 가서 밥만 먹고 지내면 안 되나?

이런 생각을 하게 된 이유는 식사가 엉망인 채로 지내기 때문이었다. 몸을 일으켜 주방에 데려다놓는 일이 너무 벅찼다. 전

날 설거지에 그 전날 설거지까지 쌓여 있는 날에는 싱크대를 최대한 보지 말아야 한다. 죄책감을 느끼지 않으려면.

엄마하고 함께 살던 첫째 번 고립 시기에는 먹는 걱정은 하지 않았다. 냉장고에는 돌봄의 손길이 가득한 음식이, 집에는 밥을 챙기는 사람이 있었다. 나는 가족 사이에서 가장 밥을 안 챙기는 편이었다. 청소년기에도 엄마가 집을 비워 오빠하고 나만 밥을 먹어야 할 때면 엄마는 내가 아니라 오빠에게 부탁했다. 그런 내가 독립해서 스스로 밥을 챙겨 먹어야 하는 상황이 됐다. 손과 몸에 붙지 않은 일, 전혀 모르는 일이었다. 그래도 굶고 지낼 수는 없으니 자기 돌봄을 포기하지 않으려 애썼다. 회사 다닐 때는 도시락을 쌌다. 엄마에게 받거나 시장에서 산 반찬을 담고 간단한 채소 볶음이나 달걀말이 정도를 직접 준비했다. 밥은 일주일에 한 번씩 지어서 냉동실에 얼려뒀다.

일을 그만두고 집에 혼자 있게 되자 밥 먹는 횟수가 눈에 띄게 줄었다. 정해진 점심시간이 없으니 밥때를 자주 놓치고 밥을 먹지 않아 기운이 없으니 식사를 준비하지 못하는 악순환이 이어졌다. 그나마 주말마다 찾아오는 애인 덕분에 최소한의 열량을 보충할 수 있었다.

나 못지않게 게으르지만 나보다는 음식에 애정이 있는 애인이 요리를 시작했다. 콩국수, 파스타, 라면을 자주 했고, 같이 외출해서 먹고 싶은 음식을 사 오기도 했다. 덕분에 직접 만든 음식이든 사 온 음식이든 주말에는 하루에 두 끼는 먹었다.

　한번은 강된장이 먹고 싶다고 말했다. 애인은 뭔가에 관심이 생기면 그 주제에 깊게 몰입하는 성향이다. 유튜브로 강된장 조리법 수십 개를 정독하더니 장을 봐 음식을 시작했다. 강된장 이야기를 꺼낸 지 몇 시간 만이었다. 누군가 나를 위해 음식을 하는 모습에 감동이 일었다. 어린 시절 먹은 강된장보다는 조금 묽고 두부가 많이 들어간 듯해도 무척 맛있었다. 정말 맛이 있는지, 허기가 맛을 끌어올리는지, 감동 때문에 미각이 흐려지는지 모르겠지만.

　주말이 지나고 다시 월요일. 애인은 출근하고 나 혼자 밥을 차려 먹어야 한다. 애인이 주말 동안 설거지를 다 해놓고 간 뒤면 그날은 그래도 기운을 차려본다. 가장 자주 먹은 음식은 토스트와 소시지다. 빵과 달걀, 치즈, 소시지를 준비한다. 빵과 소시지를 에어프라이어에 넣은 뒤 프라이팬을 꺼내 기름을 두르고 달걀을 올린다. 달걀이 익을 때가 되면 빵도 꺼낸다. 식빵 위에 치즈를 먼저 올려 살짝 녹이고 그 위에 달걀을 올린다. 소시지는 시간이 좀더 걸려서 토스트를 먼저 먹는다. 에어프라이어가 '띵' 소리를 내면 일어나서 다 익은 소시지를 꺼낸다. 넓적한 접시 하나와 포크 하나만 사용하면 되니 설거지거리도 많지 않다. 이렇게 먹은 날은 뿌듯하다. 스스로 챙겨 먹을 기운이 있다는 데 감사하다.

기운이 없는 날은 문제다. 밥 차릴 기운도 없고 밖에 나가 음식 사 올 기운은 더더욱 없으니 최대한 굶는다. 몹시 배고플 때까지 참다가 집에 있는 음식을 되는대로 집어넣는다. 시리얼일 때도 있고 두유 한 개나 과자 한 봉지일 때도 있다. 진짜 문제는 기운 없는 날이 이어져 집에 먹을거리가 남아 있지 않을 때다. 그럴 때는 기운이 있든 없든 어떻게든 몸을 움직여 밖으로 내보낸다. 그러고는 김밥이나 샌드위치를 사 와서 급하게 먹는다. 다행히 집 근처에 김밥 맛집이 있다. 참치김밥과 진미김밥 중에 뭘 먹을지 고민할 때면 기분이 좋아진다. 뭘 골라도 맛있다는 사실을 아니까. 게다가 집에서 내가 차린 음식보다 몸에 좋은 채소도 많지 않은가.

일주일에 한 번 매주 목요일에는 김밥집이 문을 닫는다. 쉬는 날을 알면서도 얼마나 자주 잊는지 김밥집 앞에서 우울해질 때가 많다. 근처 다른 김밥집에 가면 되지만 괜스레 감정이 상해 김밥집 옆 편의점에서 샌드위치를 산다. 맛이 없다. 편의점 샌드위치는 왜 맛이 없을까. 축축한 빵, 늘어지는 햄, 심하게 으깬 달걀이 내가 놓인 현실을 깨닫게 한다. '너 지금 자기 자신을 돌보고 있지 않아. 이건 제대로 된 음식이 아니라고.'

여성 고립 청년은 대부분 고립 기간 동안 식사를 제대로 챙기지 않았다. 개인의 서사와 고립의 과정은 모두 다르지만 식사 문제에서는 비슷한 이야기가 나왔다.

자고, 심지어 저 밥도 안 먹거든요. 하루에 한 끼 먹나? 그러고 뭐 했는지 모르겠어요. 기억이 안 나. ─세진

하루 종일 누워 있었던 것 같아요. 밥도 잘 안 먹고, 사람들도 잘 안 만나고, 계속 누워만 있고, 계속 그랬었던 것 같아요. ─하민

밥 안 먹고 누워 지내본 사람은 알겠지만, 사실 누워 있기만 하면 배가 자주 고프지 않는다. 하루 한 끼나 필수 열량만 먹어도 살 수는 있다. 나는 의도한 결과는 아니지만 생활비도 절약됐다. 소득이 줄 때 가장 먼저 손대는 지출이 식비라고 하던데, 정말이다. 소득이 줄거나 사라지면 귀찮은 탓이든 돈 때문이든 식사를 줄이게 된다.

가끔 밤늦게 뭔가 먹고 싶어질 때가 있다. 탄수화물이나 지방이 많은 자극적인 음식이 주로 떠오른다. 떡볶이, 와플, 피자, 치킨이 간절하다. '배달의 민족'에 들어가 스크롤을 쭉 내린다. 배달비를 최소로 설정하고 다시 스크롤을 내린다. 온갖 쿠폰을 내려받고 배달비 최소 금액에 맞춰 음식을 담다가 총액을 보고는 멈춘다. 같은 메뉴를 파는 다른 가게에서 음식을 담아 총액을 비교한다. 더 싼 곳을 골라 주문하기 직전, 다시 고민이 시작된다. '24,000원.' 이 돈이면 낮에 시장에 가서 일주일 치 식재료를 살 수 있다. 그런데 지금은 밤 12시. 이 음식을 시키느니 차라

리 굶을까? 내일 아침에 일어나서 시키면 어떨까? 이 시간에, 이 음식은 좀 아니지. 고민에 고민을 거듭하다 보니 새벽 2시다. 더 고민할 기운도 없다. 잠이나 자자. 건강과 돈, 고립이 만들어낸 독백 드라마다.

식사는 단순히 열량을 섭취하고 허기를 해결하는 문제가 아니다. 밥은 고립 속에서도 포기하면 안 되는 마지막 일상이다. 내가 만난 여성 고립 청년 중에는 매 끼니 음식을 하고 밥을 잘 챙기는 사람이 있었다. 그 사람은 퇴사를 하고 고립의 시간을 보내면서도 밥은 '중요한 일과'라고 덧붙이기도 했다.

고립의 시간에도 루틴은 중요하다. 밖에 나가지 않고 사람을 만나지 않더라도 자기가 정한 일과대로 움직이는 사람과 누워서 동영상만 보며 시간을 보내는 사람 중에 누가 더 건강할까. 나는 물론 뒤에 속했다.

줄어든 식사량 때문에 나는 살이 빠졌다. 평소 체형에 신경쓰지 않는다고 말했지만, 그래도 찌는 쪽보다는 빠지는 쪽이 더 좋게 느껴지기는 했다. 살이 빠지면 주변 반응은 둘로 나뉜다. 첫째는 부러움이다. 오랜만에 사람을 만나면 살 뺀 비법을 묻는다. 여성에게 줄어든 체중, 곧 날씬한 몸이란 평생에 걸쳐 암암리에, 또는 혹독하게 강요된 이상이다. 뭔 짓을 해서라도 빼야하는 죄가 '살'이다. 둘째로 자주 듣는 말이 걱정이다. 특히 나처럼 마른 사람을 만나면 사람들은 바로 눈치를 챈다. 평소보다

체중이 줄면 건강에 문제가 생겨서 살이 빠지거나 빠진 살 때문에 건강에 문제가 생길 수 있다는 사실을 알기 때문이다. 사람들이 염려한 대로 나는 전보다는 기력이 없다. 그래서 줄어든 몸무게를 부러워하는 이들에게 비법을 알려줄 수 없었다. 아무것도 (심지어 먹는 일조차) 안 해서 살이 빠진 사실을 말하지 못했다.

밥 이야기를 하면 떠오르는 여성 고립 청년이 또 있다. 이야기가 조금 새로웠다. 이정은 가족하고 함께 살면서도 식사를 챙기지 않았다.

살면서 가장 힘든 기억은 뭐예요?

스물한 살 때가 제일 힘들었어요. 힘들었던 것 같아요. 기억에 남는 순간이 몇 개가 있는데 씻지도 못하고, 먹지도 못하고, 그냥 계속 누워만 있고. 어떨 때는 너무 많이 잤다가, 어떨 때는 잠을 하나도 못 자다가. 근데 그때는 뭔가 무기력증 때문에 그냥 '망했어' 이런 느낌인데, 그때는 일어나려고 하면 너무 고통스러운 그런 거였거든요. 이틀인가 삼일인가, 음료수만 마셨던 것 같아요. 당연히 방도 완전 쓰레기장, 그냥 더럽다 이게 아니라, 진짜로 쓰레기장처럼. 잠깐 뭐 먹으면 다 널브러져 있고, 하나도 정리가 안 되는데. 제가 이삼 일 동안 음료수만 먹고, 음료수 막 이렇게 널브러져 있고, 근데 그걸 아빠도 보면서 '너 이러다가 진짜 죽어' 이랬는데, 딱 그 얘기를 듣고 '아무 상관없는데?' 이 생각이 들어요. 언제는 또 '그래도 밥을 먹어야지' 하고서 일어나서 식탁까지 갔는데, 도저히 그 반찬 뚜껑을 못 열겠더라고요. 그래서 '어떡하지' 이러고 보고 있다가 '못 열겠다' 이러고 다시 누웠어요.

이정이 아버지에게서 들은 '너 이러다가 진짜 죽어'라는 말을 돌봄 언어라고 봐야 할까? 가족하고 함께 산 고립 시기에 밥을 잘 챙겨 먹은 나는, 독립해서 혼자 지낸 둘째 번 고립을 생각하면 이정이 가족에게서 들은 말이 돌봄일 수도 있겠구나 싶었다. 그런데 그 말을 들은 이정은 '상관없는데' 하고 생각했다. 이정에게 함께 사는 가족은 도움이 되지 않는 존재처럼 보였다. 동생하고 함께 산 하민도 식사를 제대로 하지 않았다.

가족은 식사 같은 일상 행위를 보장하지 않는다. 다만 이정처럼 냉장고에 꺼내 먹을 음식이 있다는 점에서 가족이나 동거인의 유무가 고립의 모습에 영향을 미칠 수는 있다. 혼자 사는 이가 스스로 식사를 챙기려면 밖에 나가 먹을거리를 사 오는 등 더 움직여야 한다. 동거인하고 함께 산다면 집에 음식이 있을 확률이 높지만, 그렇다면 외출할 이유가 더 줄어든다.

식사는 고립을 경험하는 거의 모든 나이와 성별이 공통으로 겪는 문제다. 대부분의 연구에서 혼자 사는 사람은 식사를 잘 챙기지 않는다고 말한다. 그렇지만 가족하고 함께 사는 이들도 식사를 제대로 하지 않는다. 여성 고립 청년에게 가장 큰 문제는 식사하지 않는 생활에 큰 문제를 느끼지 않는다는 점이다. 정확히 말하면, 먹지 않는 행위는 관심사가 아니지만 많이 먹는 행위는 관심을 끌고 문제가 된다. 먹는 양을 줄이면 서서히 살이 빠진다. 나는 이런 모습이 섭식 장애라고 생각한다. 살이 찔까 봐 안 먹지는 않지만 살이 빠지고 건강에 문제가 생겨도 크게 신경 쓰지 않는다. 반대로 살이 찌면 큰 문제라고 느낀다. 우리 사회가 권하는 날씬한 몸을 벗어나자마자 자기 자신과 타인들이 질타를 시작하고 걱정을 늘어놓으면, 우리는 살을 빼려 다시 식사량을 줄일지도 모른다.

살이 찌든 빠지든 결론은 같다. 그렇게, 밥을 먹지 않는다는 일상은 우리의 공통점이 된다.

투룸에 거실 별도

투룸에 거실 별도. 내가 사는 집이다. 독립할 때 조금 낡아도 넓은 집에 살고 싶었다. 한 달 정도 회사 근처에서 집을 보러 다녔다. 월세는 감당할 수 없을 테니 전세를 찾았다. 전세 대출 한도 6000만 원에 가지고 있는 돈 2000만 원을 합쳐 8000만 원이 상한선이었다.

처음 본 집은 회사에서 꽤 가까운 편이었다. 동료 두 명을 데리고 미리 연락한 부동산을 찾았다. 공인중개사하고 함께 부동산 근처에 있는 전세 물건을 보러 이동했다. 급하게 연락한 탓인지 문을 여는 세입자가 불편해했다. 내부 벽면이 모두 목재로 된 집이었다. 어두운 색을 띤 목재가 전에 산 집하고 비슷했다. 거실에서 큰방이 바로 보여서 굳이 들어가지 않고 살짝 들여다봤다.

작은방은 문이 닫혀 있어 열고 들어갔는데, 안에 사람이 있었다. 딸인 듯했다. 다른 사람이 있는 방에 인사도 없이 들어가서 어색한 상황이 연출됐다. 여자는 미동도 없이 텔레비전에서 눈을 떼지 않았다. 방을 대충 훑어보고 서둘러 집에서 나왔다.

부동산은 예산에 견줘 비싼 집을 보여줬다. 한 곳만 아니라 모든 부동산이 그랬다. 내가 마련할 수 있는 돈은 8000만 원이 전부인데 부동산은 1억, 1억 1000만 원짜리 집을 들이댔다. 사방이 베란다로 둘러싸인 요새 같은 집도 갔고, 방에 곰팡이가 서슬 퍼렇게 슨 집도 봤다. 그러다가 부동산 직거래 애플리케이션 '직방'에서 예산에 딱 떨어지는 집을 발견했다. 방 두 개에 거실이 따로 있었다. 그때만 해도 '직방'에 허위 매물이 많다는 얘기가 돌아서 의심스러운 마음으로 부동산에 연락했다. 내일 집을 보러 오라고 했다.

회사 근처 모텔에서 하루를 보내고 다음 날 일찍 집을 보러 갔다. 미리 본 사진하고 같은 집이었다. 거실에는 큰 냉장고가 자리를 차지하고 있고 화장실에 가려면 현관을 지나야 하는 특이한 구조였다. 오래된 다세대 주택이지만 창이 크고 도배와 장판이 쓸 만했다. 부동산 관계자 말로는 집주인이 세입자로 젊은 사람을 선호해서 계약이 성사되지 않는다고 했다. 집을 보고 근처 식당에서 밥을 먹었다. 집주인이 에스에이치[SH]나 엘에이치[LH] 전세 대출은 동의하지 않아서 이율 높은 은행 대출을 받아야 했다. 회사에서도 거리가 있었다. 그렇지만 여태 본 집 중에는 가장 괜찮았다.

새시가 있었다. 새시 있는 집에 살아본 때가 언제였더라. 경기도에서 아파트에 살다가 서울에 있는 다세대 주택으로 이사한 지 10년도 더 됐고, 그 뒤 이사 다닌 다세대 주택은 모두 새시가 없었다. 아파트에 살 때는 모른 새시의 소중함을 알게 됐다. 겨울에는 추위를 막고 여름에는 더위를 더는 튼튼한 새시가 있다니, 오래된 다세대 주택에서는 흔치 않았다. 밥 먹다 말고 부동산에 전화해 계약하자고 했다.

퇴사하고 집에 누워 지내면서 가장 잘했다고 생각한 일이 하나 있었다. 독립할 때 전셋집을 구한 일이었다. 월세로 사는 처지라면 절대 퇴사할 수 없었다. 처음 무기력한 시간에 접어들 때는 대부분 침대에 있었다. 몇 달이 지나고 더는 이렇게 있으면 안 되겠다는 생각에 잠에서 깨어 거실로 이동했다. 이러나저러나 누워 있기는 마찬가지이지만 거실에 누워 있으면 죄책감은 덜했다. 거실과 침실이 분리된 구조라 다행이었다. 작은방은 옷장과 서재가 함께 있었는데, 일을 그만두자 작은방에 갈 일이 줄었다. 옷을 갈아입을 필요가 없어서 그랬고, 책상에 앉아 논문 작업을 해야 하는데 하기 싫어 들어가지 않았다. 침대와 소파를 오가는 생활이었다.

한번은 이대로 집을 벗어나지 못할지도 모른다는 생각이

들었다. 답답했다. 전에 다닌 직장에 가까운 곳으로 이사를 온 탓에 동네에 아는 사람이 없었다. 독립 전에 산 동네에는 어린 시절 친구들이 지천에 있었다. 더군다나 여러 활동을 해서 동네 언니들을 많이 알고 지냈다. 공방을 운영하는 언니, 작은도서관에서 활동하는 언니, 정치하는 언니, 대안 학교에서 일하는 언니. 그 동네에 계속 살고 있다면 이럴 때 언니들에게 이유 없이 연락해 놀러갔겠다. 언니들에게 퇴사 후 생활에 관해 한탄하거나 언니들이 하는 일을 도울 수도 있었겠다. 그렇지만 여기는 고립된 섬이다. 이 넓은 지역에, 혼자 살기에는 넉넉한 집에서, 내 침대나 내 소파에 나 혼자 있다. 밖에 나가도 찾아갈 곳과 만날 사람이 없다.

동네 카페를 검색했다. 카페란 카페는 모두 알고 있지만 괜히 새로 고침을 누른다. 오래 앉아 있으면 눈치가 보일 테니 좌석이 많고 넓어야 한다. 집 근처에는 조그만 카페밖에 없어서 점점 범위를 넓혔다. 지도에 마을에서 운영하는 협동조합 카페가 떴다. 자주 가지 않는 골목이라 이런 곳이 있는지 몰랐다. 예전 마을 활동 할 때 생각이 나 한번 찾아가기로 했다. 내가 참여할 만한 소일거리가 있으면 좋으련만. 노트북과 책을 챙겨 집을 나섰다. 한 초등학교 앞 좁은 골목을 아무리 뒤져도 카페는 보이지 않았다.

'그새 폐업한 건가?'

학원 버스와 현수막, 입간판 사이로 작은 글씨가 보였다.

'○○마을카페.'

카페는 상가 건물 4층에 있었다. 용기를 내어 계단을 올랐다. 조심스레 문을 열고 들어서자 동화책이 한가득 눈에 들어왔다. 요 앞 초등학교 학부모들이 모여 운영하는 곳이었다. 하교한 아이들을 함께 돌보고 동화책 읽는 프로그램도 하는 모양이었다. 내가 들어서자 운영자는 당황하는 눈치였다. 이곳을 진짜 카페처럼 이용하는 사람은 없는지 아이들과 운영자 말고는 손님도 보이지 않았다. 나도 당황스럽지만 최대한 자연스럽게 음료를 주문하고 동화책 사이에 자리를 잡았다. 노트북을 켜고 책을 꺼냈다. 글자가 눈에 들어오지 않았다. 뭐라도 해야 할 듯해 주변에 놓인 동화책을 펼쳐 읽기 시작했다. 그때 다른 사람이 들어왔다. 운영진인지 놀러 온 친한 사람인지 모르지만 운영자하고 반갑게 인사를 나눴다. 그 사람이 들고 온 검은 비닐봉지에서 튀김 냄새가 피어올랐다. 다들 떡볶이와 튀김을 꺼내 먹기 시작하더니 나한테도 튀김 한 접시를 줬다.

"무궁화어묵 아세요? 거기서 사 온 거예요."

"아, 감사합니다."

뜬금없이 받아든 튀김을 커피하고 함께 먹었다. 그 카페에는 다시 가지 않았다.

2021년 즈음에 고립됐다고 생각하신 거죠? 왜 고립됐다고 생각하셨나요?

그냥, 진짜 그냥 혼자였고, 제가 여기가 타지거든요. 여기서 살아본 적이 없어가지고, 그 동네에 아는 사람도 없었고, 가족이랑 연락을 할 수 있는 상황이 아니었어요. 의지할 데가 없었던 거죠. 그래서 그랬어요. 그래서 한 1년을 집에만 있었어요, 진짜.

집에서 뭐 했어요?

아직도 기억해요. 여름이었거든요. 재작년이네. 재작년 여름에 추울 때까지 아예 집 밖에 안 나갔어요. 한 번도 안 나갔어요.

어느 지역에서 어디로 이동한 건가요?

이전에는 친구랑 살았었는데, 친구랑 신림에 살다가 걔랑 저랑 좀 안 맞아서 제가 나오게 된 거예요. 근데 나오고 약간 좀 현타가 났나 봐요. 그때 그랬던 것 같아요.

고립 시기에 놓인 세진은 가족하고 연락할 수 없는 상황인데다 이사 온 동네에 만날 사람도 없었다. 낯선 곳에서 새로운 친구를 만들기 어려웠다. 자기가 성장하지 않은 지역에 있는 커뮤니티에 소속되려면 어떤 조건이 필요하다. 사람들은 혼자 할 수 없는 일을 함께하려 할 때만 모인다. 육아, 스포츠, 정치가 대표적이다. 서울에는 사람이 아주 많이 살지만 역설적으로 사람을 만나기 어렵다. 때로는 그런 상황이 편하다. 사람을 만나고 싶어서, 소소한 동네 일거리를 알아보러 마을 카페에 가지만 막상 관심을 받자 부담을 느낀 그날을 떠올리면 말이다(아이하고 함께 마을 카페에 가면 '이 앞에 학교 다녀요? 몇 학년이에요?' 같은 질문과 대답이 오가면서 자연스럽게 대화가 이어질지도 모르겠다). 스타벅스 같은 프랜차이즈 카페에서는 다른 사람 눈에 띄지 않고 오랜 시간을 보낼 수 있지만 그런 카페에 가려면 돈이 필요하다. 수입 없는 공백기에 카페는 사치처럼 느껴진다. 돈이 없다면 서울이 주는 풍족함을 누릴 수 없다.

어쨌든 세진과 나는 고립의 원인을 이사로 꼽았다. 막상 그 지역에 계속 살더라도 고립될지 모르지만, 아예 만날 사람이 없는 곳에 오니 예전 살던 동네에서 만난 이들이 떠오른다. 그렇다고 지역 이동이 반드시 고립에 부정적 영향을 미치지는 않는다. 서진은 동생하고 함께 서울로 이주하면서 아버지가 휘두르는 가정 폭력에서 벗어날 수 있었고, 이룸은 활동하는 커뮤니티가 모두 서울에 있어서 자연스럽게 서울로 오게 됐다.

동생이 서울에 있는 학교에 합격을 했어요. 그때는 지방에 살았는데, 동생이 합격을 하면서 이제 자취를 시작했는데, 아버지가 좀 비용을 대주신 거죠. 자취 비용을 대주는데, 동생이 이제 '언니가 아빠랑 계속 붙어지면 좋을 게 없을 것 같다'고 해서, 나랑 아빠도 어차피 걱정이 많고 해서 그냥 '서진이랑 둘이 같이 올라가서 같이 살아라' 이렇게 돼가지고. 동생이 졸업할 때까지는 이렇게 아버지가 비용을 대주셨고요. 그래서 자취 기간이 끝나갈 때쯤에 '어떻게 하지? 집에 들어가기는 싫고 진짜 죽어야 되나' 이런 생각을 하다가, 정말 운 좋게 일할 수 있게 돼가지고, 그 이후로 계속 이렇게.

이룸은 서울에 언제 오신 거예요?

서울은 스물네 살.

스물네 살 때 어떻게 서울로 오게 되셨는지 기억나세요?

그냥 도망치듯이. 그냥 어떻게든 서울에서 살고 싶다, 이런 생각을 가지고.

왜 서울에서 살고 싶으셨어요?

워낙에 서울이, 대도시고 발달이 많이 됐잖아요. 제가 하고 싶었던 거, 커뮤니티? 그런 것들이 서울에 많이 있어가지고. 제가 (살던) 강원도에는 진짜 없어서, 그래서 서울에 올라오게 된 거예요. 고향이 서울이기도 하고.

지역 이동은 예전 관계망에서 벗어날 기회다. 예전 관계가 안전망보다는 걸림돌이던 이들은 성장한 지역을 벗어나 사회적이고 문화적인 확장을 모색한다. 따라서 수도권, 그중에서도 서울이라는 도시는 새로운 시작에 걸맞은 첫째 선택지가 된다.

나는 서울 동쪽에서 성장해 서쪽으로 이동했다. 마음만 먹으면 밖으로 나가 버스와 지하철을 타고 친구를 만날 수 있었다. 가끔 친구들 경조사 때문에 밖에 나갈 때가 있다. 그렇지만 그런 때가 전부다. 다른 시간에는 집 안에만 머물고, 그러다가 점차 약속이 잡혀도 밖에 나가기 힘들어진다. 이때 서울이라는 도시에 넘치는 풍요는 내 삶하고 무관하다.

마을 카페 다음 후보는 도서관이다. 모든 비용이 무료라는 점이 가장 큰 장점이다. 집에서 멀지 않으니 가방을 싸고 보온 텀블러에 커피도 내려서 도서관으로 발길을 옮긴다. 가방이 너무 무겁다. 아니다. 언덕이 너무 높다. 서울에 있는 도서관은 왜 죄다 언덕 위에 자리하는 걸까. 거친 숨소리가 익숙해지면 도서관에 도착한다. 열람실 사용법을 익히고 자리를 잡아 작업을 시작한다. 뿌듯하다.

'내일도 여기 와서 작업해야지!'

다음 날, 가기 싫다. 언덕이 높아서 가기 싫다. 땀 흘리기 싫다. 또 다음 날.

'오늘은 가야지……'

힘겹게 몸을 일으켜 가방을 메고 도서관에 가는 산행을 시작한다. 간신히 언덕 위에 도착한다. 월요일. 휴관일을 맞은 도서관은 굳게 닫혀 있다.

말티즈와 미니핀

'아무래도 이렇게 누워만 있는 이유는 돈 받고 하는 일이 없어서
그런 것 같아. 돈 받고 할 일을 만들자. 대학원 생활이랑 병행해
야 하니까 시간이 짧고 가까운 곳이 좋겠지. 기왕이면 몸을 움직
일 수 있는 일이면 더 좋겠어. 몸에 활력을 불어넣고 돈도 벌고,
일석이조잖아.'

이런 생각이었다. 아르바이트를 구하러 '당근마켓' 알바 페
이지에 들어갔다. 집 근처 초등학교에서 급식 보조를 구하고 있
었다. '11시에서 14시까지' 세 시간이라는 업무 시간이 마음에
들었다. 고민이 됐다. 힘쓰는 일을 한 지 오래돼 기력과 근력이
모두 없는 내 몸이 따라오지 못할 듯했다. 딱 맞는 일자리를 알
아보려고 검색을 시작했다. 오랜만에 '알바몬'에 접속했다. 기억

이 나지 않아서 비밀번호 찾기부터 했다. 로그인을 하고 지도를 눌러 가까운 곳부터 살폈다. 마침 가끔 가던 스터디 카페에서 아르바이트를 구하고 있었다. 여기에 지원해서 떨어지면 갈 때마다 민망하지 않을까 하고 걱정이 됐다. 그렇지만 책상에 앉는 시간도 늘고 돈도 벌 수 있으니 지원하지 않을 이유가 없었다. 용기를 내어 지원서를 냈다. 일주일 넘게 답이 오지 않았다.

구미가 당기는 공고는 많아도 나이에서 걸렸다. 하루 2시간에서 5시간 정도 하는 단시간 아르바이트는 지원 자격이 20대로 한정된 사례가 많았고, 때로는 '휴학생'이 조건으로 명시돼 있었다. 30대, 대학원생, 사회생활 경력 7~8년인 내가 어필할 거리가 마땅찮았다. 이력서에 7~8년 동안 쌓은 경력을 쓸까, 아니면 아르바이트 경험, 그러니까 7~8년도 더 된 옛 경력을 쓸까. 둘 중 무엇도 알바 시장에서는 뻔히 도움이 되지 않았다.

'이럴 게 아니라, 내가 잘하고 관심 있는 일을 해보는 게 좋겠어. 강아지 산책 아르바이트는 어떨까? 강아지를 좋아하고, 예전에 강아지 임시 보호도 해본 적 있으니까 나름 얘깃거리도 되네. 가까운 곳이면 낮에는 공부하다가 지겨울 때쯤 슬금슬금 나가서 바람도 쐬고 몸도 움직이는 거야.'

'당근마켓'에서 '강아지 산책'을 검색했다. 강아지를 산책시킬 사람을 구하는 글이 심심찮게 있었다. 얼마 전에 올라온 글이 눈에 띄었다. 집에서 5분 거리였다. 강아지 두 마리를 일주일에 두세 번 한 시간씩 산책시키면 되는 일이었다. 다른 사람이 이 귀한 일자리를 채갈까 조급한 마음에 얼른 채팅을 눌렀다. 다행히 귀한 일자리는 내 차지가 됐다.

기대를 품고 바로 다음 날 강아지들을 만나러 갔다. 보호자 없는 집에 낯선 사람이 들어서자 강아지 두 마리가 짖기 시작했다. 한 마리는 하얀 말티즈이고 한 마리는 까만 미니핀이었다. 두 녀석 모두 썩 귀여웠다. 낯선 사람이라 그런지 몸을 잘 내어 주지 않아서 리드줄을 채우기가 힘겨웠다. 간신히 리드줄을 채우고 밖으로 나가려 하자 말티즈가 줄을 당기면서 거부했다. 하는 수 없이 번쩍 들어 올려 밖으로 나갔다. 잘 먹고 지내는지 볼록한 뱃살이 손에 잡혔다. 다행히 밖에 나가자 두 녀석 다 활발하게 이곳저곳을 누볐다.

'너희들도 오랜만에 하는 외출이구나.'

산책을 시작한 지 얼마 안 돼 녀석들이 실외 배변을 했다. 실외 배변을 좋아해서 안에서는 참다가 산책할 때 해결하는 듯했다. 녀석들이 볼일을 보자 내 마음도 편안해졌다.

며칠 뒤 도서관에 갔다. 논문을 쓰지는 않았다. 그냥 이 일 저 일을 했고, 이 사이트 저 사이트를 헤맸다. 논문은 한 줄도 못 썼지만, 도서관에 간 사실이 뿌듯했다. 집에 오는 길에 녀석들에게 들러 가방을 내려놓고 둘째 번 산책을 나갔다. 처음에는 처음이라 힘든 줄 알았는데, 둘째 번에도 힘들었다. 녀석들은 산책

훈련이 전혀 안 돼 있었다. 가고 싶은 방향이 서로 다를 때는 리드줄을 잡은 양팔이 점점 벌어졌고 나중에는 겨드랑이가 뜯길 지경이었다. 한 친구를 어르고 달래 다른 방향으로 이끌었다. 몇 발자국이나 갔을까, 다른 녀석이 갑자기 움직이기를 거부했다. 풀 냄새를 맡겠다며 고집을 부렸다. 시계를 봤다. 아직 15분밖에 지나지 않았다. 이대로 45분을 더 걸어야 했다. 힘들지만 귀여우니까 참아야 했다. 1시간을 겨우 채우고 녀석들 집으로 돌아가 화장실에서 발을 닦아줬다. 배변 패드를 새로 깔고 물그릇을 씻어 새 물을 받았다. 주방도 화장실도 지난번하고 달라진 구석이 없었다. 사람이 사는 자취는 있지만 생활이 남긴 흔적은 보이지 않았다. 보호자는 바쁜 하루를 마치고 집에 들어와 잠만 자는 듯했다. 좀 전에 내려놓은 무거운 책가방을 다시 메고 신발을 신었다. 말티즈 녀석이 가지 말라며 내 앞을 막았다. 사람이 얼마나 그리우면 만난 지 얼마 안 된 나를 붙잡을까. 녀석을 집에 데려가고 싶었다.

여성 고립 청년을 찾을 때 '일을 하지 않는 상태에서 고립감을 느낀 사람'이라는 조건을 건 만큼 인터뷰를 하면서 아르바이트 이야기를 하게 될지 몰랐다. 그렇지만 나처럼 고립 기간 동안 길고 짧은 아르바이트를 한 이들이 있었다. 나는 아르바이트를 한 가장 큰 이유가 '집 밖으로 나가기'였지만, 성현처럼 다른 사람들은 주로 '돈'이었다.

고립 기간에 아르바이트를 계속 했나요?

한 3개월이 최대? 3개월 정도 하다가 또 돈 좀 필요하겠다 싶으면 다시 알바 구해가지고 또 몇 개월 하다가.

아르바이트가 고립감 해소에 도움이 되지 않았나요?

이거는 정말 말 그대로 이제 알바니까, 언제까지 이제 계속할 수는 없는 부분이잖아요. 평생에 걸친 삶에 있어서 되게 일시적인 부분이니까. 알바로 …… 뭔가 취업 준비를 할 수도 있었는데, 그 당시에는 할 수 없다는 생각에 알바를 했었고. 그러니까 돈을 벌어야 하는데 돈 벌 수 있는 게 알바뿐이니까, 고깃집이랑 피시방 이런 거. 그래서 그 당시에는 뭔가 내가 할 수 없다고……. 그래서 할 수 있는 거 알바뿐인데, 알바는 오래 못 한다는 생각에 나이가 들어도 조금 점점 어려워질 테고, 일 자체도 너무 좋아하는 일은 아니니까 힘들고, 그래가지고……평생 그럼 알바도 못 할 텐데 그럼 뭘 해 먹고 살지? 하는 생각을 했었는데.

성현이 아르바이트를 하면서 4대 보험에 가입한 사실은 확인할 수 없었다. 그렇지만 여러 조례에서 알 수 있듯이 고립의 기준을 임금 노동으로 보면 이 시기에 성현은 고립 청년이 아니었다. 또한 나는 정기적인 외출과 일이 활력을 불어넣는다고 예상했지만, 성현은 아르바이트를 할 때도 고립에서 벗어나지 못했다. 아르바이트를 하면서 정기적으로 외출하고 돈을 벌면서도 일시적인 일이라고 생각했다. 일시적인 일, 내 진로에 연관되지 않는 일은 그저 알바일 뿐 고립감을 푸는 데 도움이 되지 않는다. 재희도 비슷한 말을 했다.

그러면 여기(기관)도 안 나오고 일도 안 하던 시기가 한 3년 정도 되는 거예요?

1년 반, 2년. 그리고 중간에 한 번 아르바이트를 했어요. 그때는 한 6개월 정도 강아지 병원비도 벌어야 했고, 그때는 또 아빠가 실업 상태여서 제가 '아르바이트라도 안 하면 큰일 나겠다'라는 생각이 들어서. 그때는 (아르바이트를) 했었는데, 그것도 한 6개월 정도.

알바를 하는 동안에는 고립됐다고 생각하진 않았나요?

그냥 2018년도부터 기관에 올 때까지는 계속 그 상태였던 것 같아요. 아르바이트를 해도 결국에는 누구를 만나는 게 아니라 그냥 일을 하는 거였거든요. 누구랑 소통을 하기보다는 그냥 계산하고 이러는 보조 역할인 거고, 누군가와 이렇게 진심으로 얘기하고 이럴 상황이 안 됐거든요.

집안 사정을 살피고 강아지를 돌보느라 재희가 '해야만 한' 알바는 타인하고 진정으로 소통할 수 있는 일자리가 아니라 그저 보조자일 뿐이었다. 재희는 집 안에서는 가사 노동을 하고 집 밖에서는 타인을 돕는 보조자에 지나지 않는 일을 하면서 고립의 시간을 보냈다. 친구도 만나지 않았다. 사람을 만나고 대화를 나누면서도 고립감을 느낀다는 재희가 그제야 이해됐다.

움직이기 싫은 날이었다. 도서관에도 가기 싫었다. 그렇지만 도서관 근처에 사는 녀석들을 산책시켜야 한다. 내가 아니면 녀석들은 보호자가 집에 올 때까지 밖에 나갈 수 없다. 억지로 몸을 일으켜 언덕 위 녀석들이 사는 집에 갔다. 이제는 제법 친해진 녀석들을 데리고 밖으로 나섰다.

날이 더웠다. 녀석들은 헥헥거리면서도 기분이 좋은지 온갖 풀 냄새와 전봇대에 묻은 강아지 소변 냄새를 맡았다. 미니핀 녀석이 이따금 '켁켁' 소리를 냈다. 리드줄이 목을 조였나? 아니면 더워서 목이 마른가? 골목에 멈춰 서서 물을 줬다. '찹찹찹' 소리를 내며 두 녀석 모두 열심히 물을 마셨다. 나도 목이 말랐다. 내가 마실 물은 준비해가지 않았다. 산책을 마치고 집에 가는 길에 편의점에 들러 음료수를 샀다. 1500원이었다. 강아지 두 마리를 한 시간 동안 어르고 달래며 산책하고 받는 돈은 1만 원이었다. 그날은 8500원을 번 셈이었다.

녀석들 보호자는 한 달 아르바이트 대금을 늘 선불로 보냈다. 한 달에 열 번 산책한다고 계산해서 10만 원을 받았다. 한 시간에 1만 원으로 계산하면 적당하게 느껴졌고, 집 밖으로 나가는 번거로움을 생각하면 적은 돈으로 다가왔다. 무엇보다 말티즈와 미니핀하고 함께하는 두 시간은 고립 해결에 도움이 되지 않았다. 시간이 갈수록 산책하러 나가기 힘들었다. 산책을 다녀오면 온몸이 기진맥진이었다. 녀석들은 귀여워도 알바는 알바일 뿐이었다. 책임감에 억지로 몸을 일으켰지만, 일상을 바꾸는 계기가 되지는 않았다.

말이 산으로 간다

돈이 필요했다. 논문에 참여한 여성 고립 청년들에게 사례비를 주고 싶은데 백수 생활을 하면서 그동안 모은 돈을 야금야금 써 버렸다. 연구지원비를 알아봤다. 마침 어느 재단에서 연구비 지원 사업을 공모하고 있었다. 연구계획서를 낸 지 몇 주 지나 면접 일정이 잡혔다. 오랜만에 외부인을 접촉할 일이 생겨 긴장됐지만, 다행히 온라인 면접이라 부담이 적었다. 면접 당일, 일찍 일어나 단정하게 상의를 갈아입고 커피도 한 잔 내려서 작은방 책상 앞에 앉았다. 함께 사는 고양이가 수다스러운 편이라 방문을 닫고 미리 전달받은 링크에 접속했다. 대기실에서 재단 담당자가 하는 설명을 듣고 잠시 대기하자 곧 면접이 시작됐다. 일전에 기관에서 일할 때 안면을 튼 사람 한 명과 처음 보는 사람 한 명이 있었다. 각각 3센티미터 정도 되는 작은 얼굴로 나타나 내 이야기를 들을 준비를 하고 있었다. 기관 담당자인지 기관에서 추가로 접속한 계정인지 까만 화면도 하나 보였다. 곧 발표 자료를 띄우고 연구 계획을 설명하기 시작했다.

사실, 나로 말하면 어릴 때부터 '입만 살았다'는 소리를 지겹도록 들었다. 타고난 기질인지 쓰기나 듣기보다 말하기가 쉽고 좋았다. 사람들 앞에 나서서 내 이야기 하거나 사업 내용 발표하기를 좋아했다. 그런 자리에서 늘 잘한다는 칭찬을 들었다. 그래서 이번 발표 자료도 흰 바탕에 기본 폰트, 간략한 내용 위주로 단순하게 준비했다. 어차피 입만 털면 다 잘될 테니.

이번에는 달랐다. 말이 자꾸 꼬이고 산으로 갔다. 처음에는 그래도 주제에서 벗어난 이야기는 하지 않았건만, 면접관이 던진 질문에 대답하다가 진짜 산으로 갔다. 연구 방법이 어쩌고 인터뷰 대상자가 어쩌고 하면서 잘 보이고 싶은 마음과 그 마음을 제대로 설명하지 못하는 답답한 심정을 감추려 과장된 단어를 섞어 진중한 사람인 척했다. 대답하다가 나 스스로 헛소리를 하고 있다는 현실을 알아챘다. 면접관 중에 아는 사람이 있어 창피했다. 면접이 얼른 끝나기만을 바랐다. 면접 전에는 연구지원비 200만 원 생각에 들떴건만, 면접이 끝나자 돈도 못 받고 끔찍한 흑역사만 남긴 꼴이 됐다. 생각해보니 그 주에 사람하고 나눈 대화는 도서관 경비 아저씨에게 건넨 인사말이 전부였다. 혼자 오래 있으니 사회성이 점점 떨어졌다. 어떤 상황에서 무슨 말을 해야 적절한지 판단하고, 상대 반응을 읽고, 자연스럽게 대화이어가는 방법을 몰랐다. 기본적인 소통에 필요한 준비를 전혀하지 못했다. 입만 살아 있다고들 하는 내게 이런 일이 생기다니 믿기지 않았다.

면접을 말아먹고도 연구비 지원 사업에 선정됐다. 오리엔테이션 겸 워크숍을 한다고 해서 재단에 갔는데, 면접관으로 참여한 사람들이 멘토로 함께 참여했다. 그제야 까만 화면의 정체를 알았다. 전 직장 상사였다. 이해관계자라서 면접에 화면을 끄고참여하지 않은 모양이었다. 화면만 끈 건지 면접 내용도 듣지 않은 건지 궁금했다. 아무것도 듣지 않았기를, 제발!

"설마 면접에서 저 헛소리하는 거 들으셨어요?"

"응, 너 그때 왜 그랬어?"

"사람을 안 만난 지 너무 오래돼서 그랬어요. 말이 안 나오더라고요."

"응, 그래. 그렇지 싶더라."

여성 고립 청년들을 만나기 전에 온라인으로 간단한 설문을 진행했다. 고립 상태로 지낸 기간을 쓰는 항목이 있었는데, '평생'이라고 적은 사람이 하나 있었다. 궁금했다. 왜 자기를 평생 고립된 사람이라고 생각했을까? 이룸을 마포구에 자리한 어느 스터디 카페에서 만났다.

설문지를 보니까 고립된 시기를 묻는 질문에 '어렸을 때부터'라고 써주셨더라고요. 왜 고립됐다고 느끼셨는지 궁금했어요.

일단은 부모님 손에 안 크고 막 이 사람한테 갔다가 저 사람한테 갔다가 하니까 뭔가 제대로 가정 교육 같은 걸 제대로 못 받더라고요. 그러니까 사람 관계도 잘 이렇게 배우지 못하는 거예요. 그렇게 배우지 못하고……

천천히, 괜찮아요. 네, 괜찮아요.

부모님도 없고 이렇게 항상 기운도 없고 이렇게 있으니까, 유치원 때부터 말도 없고 그러니까 무시하더라고요, 애들이. 그리고 선생님도 뭔가 선생님이잖아요. 공부도 가르쳐야 하지만 선생님이라는 사람도 도덕적으로 이렇게 뭔가를 해야 하는데, 그렇지 않고 편애를 하는 선생님을 만나가지고, 그래서 사람한테 완전히 질려가지고, 유치원, 초등학교 저학년부터 고등학교 졸업할 때까지 사람을 잘 못 사귀고 왕따도 당하고. 사람도 좋은 사람을 잘 못 만나니까 스스로 제가 사람을 이렇게 쳐냈어요.

그러면 어릴 때도 내가 고립돼 있다는 생각을 했어요?

그때 그렇게까지, 그런 생각까지는 못했던 것 같아요.

내가 그런 상태라는 생각이 든 건 언제였어요?

스무 살 때?

어떤 상황이었는지 더 자세히 설명해줄 수 있어요?

이거는 뭐라고 설명을 해야 될지 모르겠어요.

그냥 느낌만 얘기해주셔도 괜찮아요.

이거 사람도 못 사귀고 영영 혼자겠구나, 정말, 사람 정말 지겹고 싫고, 진짜 혼자 이렇게 그냥 사는 게 낫겠다, 이런…….

이야기하는 사이사이 이룸은 자기가 말을 제대로 하지 못한다고 생각해 불안해했다. 괜찮다고, 천천히 얘기해도 된다고 말했지만, 부담을 덜지는 못하는 듯했다.

스무 살 때 그럼 혼자 지내고 있었어요?

그래서 혼자 지내고 싶었는데, 뭔가 집, 집을 이렇게 마련이 안 되니까 부모님하고 같이 지냈었거든요. 그래서 초반에는 부모님하고 같이 지내서 혼자 지낸다는 그런 느낌은 안 들었어요(울음).

생각하니까 마음이 힘들어요?

아니요. 그건 아닌데, 아니에요.

너무 질문이 어렵나요, 혹시?

제가 너무 말을 못해가지고

그런 거 신경 안 쓰셔도 돼요. 진짜 그냥 생각나는 대로 막 얘기하셔도 돼요. 인터뷰는 그런 거라서, 뭔가 어떤 뭘 줘야되겠다거나 필요한 얘기를 해야 되겠다거나 이렇게 생각 안 하셔도 되고, 그냥 생각나는 얘기를 해주시면 돼요. 그 얘기를 어쨌든 정리를 또 해야 되는데, 정리는 제 몫이라서 전혀 부담 갖지 않으셔도 괜찮아요. 약간 긴장되셨군요.

솔직히 어떻게 말해야 할지…….

이룸은 사회성이 형성될 시기에 적절한 상호 작용을 경험하지 못한 탓에 사람을 만나고, 대화하고, 자기 이야기를 하는 데 어려움을 느꼈다. 태생적으로 말하기를 좋아하는 나는 인터뷰가 긴장되는 자리라는 생각을 미처 하지 못했다. 밀폐되거나 조용한 공간에서 단둘이 대화를 나눈다는 전제가 대부분의 여성 고립 청년에게 부담된다는 사실을 인터뷰를 한참 진행하면서 알았다. 이룸은 그런 부담이 더욱 컸다. 인터뷰 도중에도 긴장을 내려놓지 못했고, 자기가 제대로 말하지 못한다고 생각했다. 나는 고작 몇 달 이어진 고립 때문에 대화하는 방법을 잊었는데, 평생 사람하고 대화하기 어려워한 이룸에게는 더욱 긴장되는 자리일 수밖에 없었다. 일상적으로 다른 사람하고 상호 작용을 해야 하는 직장 생활은 더 어려운 일이었다.

일을 하지 않을 때랑 일할 때랑 언제가 더 조금 더 고립돼 있다는 생각이 드셨어요?

일을 할 때요.

왜요?

이제 워낙에 사람들하고 못 지내니까, 이제 저를 좋아해주는 사람이 있고 싫어하는 사람도 있잖아요. 그게 좀 버티기 힘든 거 같아요. 싫다고 대놓고 그런 뉘앙스를 취하면 그게 조금 힘들어요. 그래서 일할 때 더 고립된다는 이런 느낌.

그랬구나. 그럴 수 있겠다. 일하지 않을 때는 차라리 그런 자극이 없으니까.

네, 네, 맞아요.

어떤 느낌인지 알 것 같아요. 맞아요. 저랑은 그 부분은 다른 것 같아요. 저는 억지로라도 누군가를 만나면 그래도 뭔가 생활에 패턴도 생기고 한마디라도 하게 되는데, 집에 혼자 있을 때는 한마디도 안 하니까 뭔가 더 고립된 것 같은데, 근데, 말씀하신 것도 이해가 되네요. 오히려 그 안에 있을 때 더 큰 고립감이 느껴질 수도 있을 것 같아요. 그러면 고립됐다고 느끼는 그 순간들이 있어요? 최근에도?

일단 일 처리 같은 거 할 때요. 일을 진짜 못해요. 막 손도 느리고 융통성도 없고, 아무튼 일 못 하는 걸로 정말 최악의 상황이 되지 않을까. 제가 그냥 일을 못 하니까 이제 눈치를 주잖아요. 그럴 때 이제 그게 느껴지니까 저는 그게 너무 싫은 거죠. 그게 너무 싫은 거예요.

그게 고립됐다는 감정하고도 연결이 돼요?

근데 아무래도 저는 못하고 다른 사람들은 잘하니까 잘하는 사람 사이에 나는 끼어들 수 없다(는 생각이 들어요).

외로웠겠네요.

이제 말하는 것도 (제가) 뭔가 되게 둥글둥글하게 말을 못 하는 것
같더라고요.

사회적 상호 작용이 어려운 이들에게 아무런 지원이나 연습 없는 일 경험은 결과적으로 큰 상처가 된다. 다른 사람에게 이해 받지 못하고 동료하고 적절히 소통하지 못하다가, 나중에는 그런 상황이 자기 자신에 관한 평가가 된다. 매일 마주치는 부정적 평가와 반응은 타인을 두려워하게 만든다. 첫 일터에서 겪은 부적응은 그 뒤에 다른 일을 시작할 때 걸림돌이 돼 더 깊은 고립으로 이끈다.

이룸을 만난 뒤 고립의 범위를 생각했다. 고립이라는 단어에 집중하다가 연구자로서 나는 안일해졌다. 큰 문제가 된 적 없는 사회성과 좋은 동료를 경험한 내가 고립을 이야기하다니 배부른 소리인가 싶었다. 험난한 성장 과정과 일터에서 겪은 여러 어려움을 들으면서 이룸에게 어떤 도움이 필요한지 생각했다. 자신감을 느끼고 싶다면 심리 상담이 도움이 될 듯했다. 청년 심리 상담은 여러 기관에서 운영하고 있었다. 이룸이 참여할 만한 곳을 찾아 전달했다. 그런 정도는 부족했다. 이룸은 일자리를 구하고 싶다고 했다. 그러면서도 이번에도 일 못하는 사람으로 낙인찍히고 다른 이들에게 비난받게 될지 모른다며 두려워했

다. 일을 구하려면 사람들 사이에서 의사소통하는 연습이 먼저 필요해 보였다. 아쉽게도 그런 과정을 운영하는 기관을 나는 찾을 수 없었다. 내가 면접 자리에서 겪은 좌절을 이룸은 평생 느꼈다. 이룸이 느낀 외로움을 상상할 수 있었지만, 나는 정작 아무런 도움을 주지 못했다.

이미 운영하는 정책을 활용해 이룸을 도우려 하던 나는 결국 그런 개인적 선의는 실현 불가능하다는 사실을 깨달았다. 2010년대부터 청년 활동과 관련 정책이 활발해지자 그동안 드러나지 않은 미취업 청년, 비진학 청년, 경계선 지능 청년, 은둔 청년 같은 다양한 정체성이 서서히 등장했다. 이런 존재들은 자기 자신의 정체성을 설명할 뿐 아니라 사회와 공공을 향해 자기들을 바라보는 인식을 개선하고 지원을 해달라고 말했다.

고립이라는 단어는 이런 존재들의 삶에 장기적으로 연결된다. 성장하는 과정에서 적절한 도움을 받지 못한 경계선 지능 청년은 사회적 의사소통에 어려움을 겪고, 일자리를 구하기 어려워 미취업 상태가 되고, 물리적 단절과 정서적 고립을 경험한다. 비진학 청년들은 대학이라는 사회적 '공식'을 벗어나면서 외로움을 느끼고, 진로를 설계하다가 어려움에 부딪친다. 직업을 선택할 수 있는 폭이 절대적으로 좁아지면서 차별에 익숙해지다가 고립에 접어든다.

고립은 지금까지 등장한 다양한 이들을 포괄한다. 그렇지만 기성 정책은 고립이라는 결과에 집중할 뿐이다. 고립 청년들이 겪는 차별의 서사와 사회적이고 구조적인 문제는 장막 뒤에 가려진 채 시대 흐름에 따라 관심이 쏠리는 집단만을 대상으로 삼는 제도가 급조된다. 이번 정부는, 이번 지자체장은 어떤 청년에게 관심이 있는지 궁금해진다. 장이 바뀔 때마다 새로 만든 다양한 정책은 다양한 대상을 포괄하는 듯 보이지만, 당사자가 무슨 도움이 필요한지 스스로 파악하고 적당한 정책이나 제도를 찾아서 직접 신청해야 한다. 나에게 알맞은 제도가 있어도 신청 기간이 맞지 않으면 소용이 없고, 정보를 모른다면 접근조차 하지 못한다. 이번 정부가 내 정체성에 관심이 없다면 애초에 살펴볼 제도 자체가 없다. 그렇게 매번 사각지대가 만들어진다.

고양이의 하루

직장 생활 막바지에 고양이를 입양했다. 까만 얼굴 가운데에 선명한 갈색 줄이 있어 입양 전 이름은 브릿지의 '릿지'였다. 나하고 함께 살면서는 이방원이라는 이름을 얻었다. 별다른 이유는 없었다. 역사 유튜브에서 태종 이방원 이야기를 듣다가 이름이 예쁘다고 생각했다. 찾아보니 그때치고는 꽤 장수하고 장남이아니라 능력 있는 셋째를 왕으로 세운 점이 마음에 들었다. 성에안 차면 형제고 뭐고 다 죽인 역사는 살짝 접어둔 채 이방원이라는 이름을 지었다.

방원이하고 함께 보낸 고립의 일과는 이렇다. 밤부터 오후가 될 때까지 우리는 함께 잠을 잔다. 방원이는 내 가슴과 겨드랑이 사이에 동그랗게 자리를 잡는다. 하루 중 이때만 방원이를 양껏 안을 수 있기 때문에 감사해하면서 한쪽 팔로 방원이를 감싼다. 다른 손으로 방원이의 부드러운 털을 만지면서 유튜브를 본다. 방원이가 '고롱고롱' 소리를 내면 우리는 어느새 잠이 든다. 방원이는 오전에 잠깐 깨서 혼자 집 안을 돌아다니다가 자동 급식기에서 나오는 밥을 먹고 다시 내 품으로 돌아온다. 오후에 내가 잠에서 깨면 우리는 거실로 이동해 2차 낮잠 시간에 들어간다. 저녁 8시는 방원이 놀이 시간이다. 제 마음에 드는 장난감을 골라 15분 동안 열심히 낚싯대를 흔든다. 방원이가 지친 기색을 보이면 사냥 놀이를 끝내고 캔 사료를 꺼낸다. 밤 11시, 방원이의 2차 놀이 시간이다. 다시 낚싯대를 꺼내 흔든다. 대충 흔들면 귀신같이 알아채 기분 나쁜 티를 낸다. 집사를 째려보면서 바닥에 앉아 꼬리를 탁탁 치거나 '애옹애옹' 잔소리를 한다. 기운은 없지만, 소파에 들러붙은 몸을 떼어내 이 방 저 방 오가며 사냥감을 흔든다. 방원님께서 흥이 나면 더 빨리 움직여야 한다. 몸짓이 얼마나 빠른지 속도를 맞추느라 덩달아 땀이 난다. 방원님 호흡이 거칠어지면 캔 사료를 꺼내 바친다. 그제야 방원이는 하루가 끝난다. 내 가장 중요한 일과도 끝이다. 인간은 아무것도 먹지 않은 날에도 고양이는 시간에 맞춰 밥을 먹었다. 게으르고 무기력한 와중에도 몸을 일으켜 사냥 놀이를 한다. 고양이의 힘이란, 그런 법이다.

그때 항상 친구들이 힘이 된다는 생각이 있었고, 뭔가 '그래도 이게 있으니까' 이런 느낌은 아니었지만, 확실히 그래도 강아지 책임져야……(한다고 생각했어요). ─이정

지금 가을이(반려묘) 같은 경우는, 내가 돈을 벌기 시작하고 나서 같이 나와 산 거기 때문에 책임져야 하는 거라서, 책임져야 하니까 돈 벌어야 하고, 책임져야 하니까 내가 정신이 건강해야 하고, 그렇기 때문에 나를 지탱해주는 거죠. ─수현

이정은 반려견하고 함께 살고 수현은 반려묘를 키웠다. 이정과 수현은 고립과 고통 속에서도 반려동물을 책임져야 한다는 생각을 놓지 않았다. 우리에게 반려동물은 책임져야 할 존재다. 책임감은 정말 무서운 감정이다. 무기력한 몸을 일으키게 하고, 돈을 벌게 한다. 사실 방원이하고 놀아주기 벅찬 날도 있었다. 도무지 몸이 움직여지지 않는 날, 밥을 한 끼도 먹지 않은 날은 놀이 시간이 괴로웠다. 방원이는 마치 알람처럼 시간 맞춰 놀아주지 않으면 큰 소리로 떼를 썼다.

'왜앵! 왜애애앵!'

그럴 때는 누운 채로 사냥감을 흐느적흐느적 흔들었다. 방원이도 못 이기는 채 대충 사냥감을 따라갔다. 그러고는 캔을 꺼내 그릇에 습식을 덜었다. 사실 너무 힘들면 저녁에도 자동 급

식기로 건식 사료를 줄 수 있었지만, 변비를 앓는 방원이가 걱정되어 차마 그렇게 하지 못했다. 단순히 책임감 때문만은 아니었다. 방원이가 하는 행동 하나하나에 나는 울고 웃었다. 심지어 변 상태가 좋아지면 큰 보람을 느꼈다. 종일 보던 유튜브는 흥미로운 콘텐츠여도 어느 순간부터는 그저 바라볼 뿐 아무런 감흥이 없었다. 방원이는 달랐다. 아무리 힘들고 도저히 돈이 없어도 방원이하고 따로 살 생각은 들지 않았다. 시간이 갈수록 교감하는 순간이 늘고 녀석이 주는 안정감이 더해졌다. 고립의 시간 동안 방원이 덕분에 나는 더 깊이 가라앉지 않았다.

여성 고립 청년들은 반려동물이 없더라도 대부분 동물을 좋아했다. 우리에게 동물이라는 존재는 미래에 함께 살고 싶은 상상의 대상이다. 그렇지만 애정은 책임감을 동반한다. 동물하고 함께하는 삶을 꿈꾸지만 책임질 수 있는 상황을 마련할 수 없다면 꿈을 유예할 수밖에 없다.

서진은 강아지하고 함께하는 삶을 꿈꾸지만 돈과 산책 때문에 반려동물을 들일 수 없었다.

동물 키우고 싶은 생각 있으세요?

네, 그런데 돈이 없어서 못 키워요.

저도요. 그리고 뭔가 책임지는 게 무서워서.

저는 대형견 키우고 싶어요. 다 좋기는 한데, 셰퍼드가 좋아요.

셰퍼드 멋있지. 저도 좋아해요. 산책 자주 나가셔야 되겠다.

자신이 없어서 사실 못 키우겠어요. 내가 얘를 산책을 자주 시켜

줘야 하는데, 저는 되게 집순이니까. 친구가 셰퍼드를 키워가지고,

너무 의젓하고 너무 좋은 거예요.

반려동물을 돌보는 데에는 돈과 에너지가 필요하다. 자기 삶의 안정성을 확보하지 못한 상황에서 동물하고 일상을 함께할 수는 없다. 내 삶도 책임지지 못하면서 동물하고 함께할 수 없다는 생각을 오랫동안 한 나는 그런 마음을 충분히 이해했다.

방원이하고 함께하는 동거는 상상하지 못한 일이었다. 그렇지만 오히려 자연스러운 과정이었다. 아는 사람이 부탁해서 우연히 몇 달간 강아지를 임시 보호했는데, 그 경험 덕분에 내가 반려동물을 돌볼 수 있는 사람이라는 작은 확신이 생겼다. 그때 마침 임시 보호 상태인 방원이를 만나 우리는 함께 살게 됐다. 우리가 동물에게 품는 애정을 어떻게 해석해야 할지 모르겠다. 인간에게는 애정을 쏟을 대상이 필요할까? 사람이 아니라 비인간 동물이 대상인 이유는 뭘까? 정말 모르겠다. 동물은 존재 자체로 충만함을 주니까 내게는 그 마음을 해석할 능력이 없다.

불화하는 부모 사이에서 반려묘 가을이는 수현이 기댈 수 있는 유일한 존재였다. 그저 옆에 있다는 이유만으로 가을이가 힘이 되지는 않았다. 수현은 가을이하고 마음으로 소통했다. 가

을이가 마지막 순간을 맞을 때 수현은 눈으로 대화를 나눴다. 반려동물은 단순히 내가 책임져야 하고 내 옆에 묵묵히 있어 주기만 하면 되는 존재가 아니었다.

초등학교 6학년 때 엄마가 하늘이라는 고양이를 진짜 아기 때 데리고 와서 같이 자란 거나 마찬가지이기 때문에. 엄마랑 아빠랑 싸우고, 아니면 엄마가 나(한테) 히스테릭하게 그럴 때도 고양이가 옆에 있었기 때문에. 내가 그래도 바르게 정신 차리고, '(정신) 차려야겠다' 이렇게 버틸 수가 있었기 때문에. 나를 지탱하게 해주는? …… 걔넨 제가 뭘 해도 나를 기다려주고, 화내지도 않고, 가을이가 암으로 죽었거든요. 그때 내가 매일 환부에 드레싱을 해줘야 했는데도 화를 한 번도 안 냈어요. 마지막에 하늘나라 갔을 때도 눈으로 대화를 했어요. 그래서 내가 좀 버티고 사는 것도 있죠. 가을이가 하늘나라에서……(울음). 그게 있죠, 그러니까 눈만 봐도 대화가 통한다는, 이런 게 느껴질 때가 있어요. 가을이가 하늘나라로 가기 직전에 오간 대화들이 있어요.

가족 때문에 어려움을 겪은 청소년기부터 진로 문제 때문에 힘겨워하던 20대를 함께해준 가을이 이야기를 하면서 수현이 눈물을 보이자 나도 눈시울이 붉어졌다.

방원이가 늙고 병든 때를 종종 상상한다. 유튜브로 반려동물을 먼저 떠나보낸 이들이 남긴 영상을 보면서 이따금 혼자 울었다. '이 녀석이 없으면 나는 어쩌지? 과연 내가 그 고통을 감당할 수 있을까? 견딜 수 있을까?' 방원이는 이제 겨우 두 살이지만 벌써 마음이 아팠다. 먼 미래이겠지만 알 수 있었다. 보호자가 반려동물에게 느낀 사랑과 고마움, 그리고 그 존재들을 떠나보내며 느끼는 고통이 손에 잡히는 듯했다. 만약 방원이가 떠난다면 가장 많이 떠오를 순간은 고립에 젖어 있던 지난 1년일 듯했다. 처음부터 방원이에게 깊은 애정을 느끼지는 않았다. 그저 귀여울 뿐이었다. 하루씩 고립의 날들이 쌓이면서 고마움이 생겼다. 한심스러운 내 몸을 방원이 옆에 뉘고 방원이 등을 쓰다듬으면서 눈물을 쏟은 적이 있다.

"너무 괴롭다. 어떻게 해야 할지 모르겠어."

방원이는 내가 하는 말을 아는지 모르는지 자기 몸을 핥다가 내 팔을 핥았다. 살아 있는 생명 중 나에게 연결된 유일한 일상의 존재인 방원이는 입양 전 이름처럼 세상하고 나를 잇는 다리인지도 모른다.

에스엔에스

인터넷 고양이 카페에 종종 들어갔다. 입양 초기에 이곳에서 어떤 사료가 좋고 식사량은 어느 정도가 적절한지 등 집사가 되는 법을 배웠다. 고양이는 방광이나 신장 관련 질병이 잦아 물 섭취가 중요한데 방원이가 물을 잘 먹지 않았다. '꿀팁'을 얻으려고 카페 검색창에 '고양이 음수량'을 입력하다가 눈에 띄는 글이 있었다. 도움이 필요하다는 제목이었다. 무기력 때문에 괴로워하는 공무원 시험 준비생이 쓴 글이었다. 그 사연이 내 일처럼 느껴지기도 했고, 오죽 힘들고 말할 사람이 없으면 이런 곳에 글을 남길까 싶었다. 댓글을 쓰기 시작했다. 기관에서 일할 때 '온라인 고민상담소' 사업을 관리한 적이 있었다. 그때 배운 '글로 상대방 이야기에 공감하는 방법'이 요긴했다.

'마음이 많이 힘들 텐데 상황을 개선하려 노력하고, 주변인들까지 챙기니 참 마음이 따뜻한 분 같아요. 소화가 잘 안 되거나, 어깨 결림이나 두통이 심한 건 스트레스 증상일 거예요. 취업 준비와 더불어서 정신과 병원도 꼭 가보시길 바라요. 사실 상담을 더 추천하지만, 상담은 비용 부담이 크니 나중에 여유가 생길 때로 미루더라도 병원은 의료보험이 되니 꼭 가보셔요. 건강 상태가 좋아지면 자신감도 생기고 의욕도 조금 더 붙을 거예요(경험담이에요!). 20대 후반이 저에게도 가장 힘들었던 걸로 기억해요. 저희 집도 어려운 편이었어서……. 그래도 일을 하고 월급이 꼬박꼬박 들어오니까 보람도 있고 앞으로를 계획할 수 있게 되어서 특별한 삶은 아니지만 감사한 마음이 들더라고요. 마음이 따뜻한 분이시니 분명 자신만의 새로운 길을 찾아갈 수 있는 마음의 힘도 있을 거예요. 토닥토닥.'

나 말고도 여러 사람이 댓글을 달았다. 위로와 공감의 단어가 가득했다. 우리가 단 댓글이 도움이 된지는 모른다. 몇 달 뒤 들어가니 그 글은 이미 삭제된 상태였다. 여성 고립 청년 중 소셜 네트워크 서비스SNS를 통해 원래 알던 사람이 아닌 사람하고 이야기하거나 만나는 사람은 세 명이었다(다른 여성 고립 청년들은 알고 지내던 사람들하고 소통하고 일상을 공유하는 정도로 에스엔에스를 사용했다). 온라인에서 누리는 생활은 하나의 사회관계였다. 수현은 청소년기부터 인터넷 커뮤니티에서 활동하면서 예의를 배우고 정보를 얻었다.

제가 이 커뮤니티를 중학교 때부터 했기 때문에 거기서 배운 예의
들도 많아요.

예를 들면 어떤 거요?

예를 들면, 아주 기본적인 거. 남의 집 가서 냉장고 문 함부로 열
지 않기 이런 거 있죠. 아니 함부로 여는 사람들이 많더라고요. 아
니면 연애에서 남자 위주의 이야기는 별로 좋지 않다, 나에게 좋지
않다, 그런 것도 있고. 정신과 약 먹는 거 아무것도 아니다, 이런 거
있죠.

나는 예절이란 주변 사람을 통해 배울 수 있다고 생각했
다. 다들 어린 시절 가족, 친구, 선생님에게서 일상 예절을 배웠
다(배움이 부족한지 어른이 된 뒤에야 고친 습관이 많기는 하지
만). 수현은 남의 집 냉장고 문 열지 않기 같은 일상 예절을 한
온라인 커뮤니티에서 배웠다. 성인이 돼서도 그 커뮤니티를 자
주 이용하는데, 얼마 전 어려움을 겪은 공황 증상에 관해 이야기
하자 사람들이 약물 복용에 관해 느끼는 부담을 줄여주고 주변
에 있는 정신과 병원 정보도 알려줬다. 여성만 모인 그 커뮤니티
는 익명으로 활동하기 때문에 내밀한 정보를 더 세세히 나눌 수
있다고 수현은 설명했다.

인터넷 커뮤니티로, 여자들이 모여 있는 커뮤니티에 가서 글을 자주 읽어요. ○○라고, 원래는 패션 카페가 있어요. 그런데 2008년도 광우병 파동 때 시위도 엄청 활발하게 하고 정치에 관심 되게 많고, 온갖 정보가 다 있는데. 중학생부터 활동했거든요. …… 공황 장애 증상 오고 친구들한테도 물어본 적 있지만, 그런 증상이 왔을 때 여기에 가장 많이 물어봤죠. 에스엔에스 올리면 사람들이 익명이잖아요. 닉네임을 달고 있기는 하지만 익명이라서 되게 자세하게 알려주고, 지역에서 추천 병원도 진짜 자세히 알려주고, 어떻게 보면 가족보다, 친구보다 더 잘 알려주고. (도움이) 엄청 많이 됐어요. 그리고 이겨내는 방법 같은 것도 엄청 (알려주었어요).

개설된 지 오래된 ○○는 2008년 광우병 파동 때 가두시위를 하는 등 정치적 활동력을 갖춘 곳이다. 중학생 때부터 활동한 수현에게 이 인터넷 카페는 다른 사람하고 교류하면서 자기를 드러내는 사회적 공간이다. 주변 사람하고 나누기 어려운 고통을 이곳에서는 편하게 이야기할 수 있고 적극적으로 도움도 주고받는다.

나는 초등학교 고학년 때부터 중학생 때까지 한 가수를 좋아하는 팬 사이트를 자주 드나들었다. 그곳에서 만나는 사람들은 한 가수를 좋아하는 팬이라는 사실 말고 공통점이 적었지만, 바로 그 사실이 가장 크고 중요한 닮은 점이었다. 수현처럼 나

또한 여성이 다수를 차지하는 그곳에서 안정감을 찾았다. 학교 마치고 와서 컴퓨터를 켜고 책상에 앉아 종일 그 사이트에 머물렀다. 새로 올라오는 글을 모두 읽었다. 자주 나타나는 사람들은 닉네임이 어느새 눈에 익어 '○○님'이라고 부르면서 이야기를 나눴다. 중학생이 되자 많은 친구가 각자 다른 온라인 커뮤니티에 소속됐다. 지금은 메이저 커뮤니티가 된 곳에서 활발하게 활동한 한 친구는 온갖 정보와 웃긴 게시 글을 공유하기도 했다. 수현과 나는 1990년생으로 같은 시대를 살았다. 카페 활동도 비슷하게 중학생 때 시작했다.

요즘 여성이 주로 이용하는 커뮤니티는 인증 절차를 거치는 곳이 많다. 가입하려는 사람이 여성인지를 확실히 확인해야 하기 때문이다. 그렇지 않으면 안전을 보장할 수 없다. 여성끼리 있을 때 안전하다고 느끼고, 안전이 보장된 곳에서 우리는 자기를 드러낼 수 있다. 이정은 자기하고 관심사가 비슷한 사람을 찾을 수 있는 유일한 통로로 트위터를 언급했다.

이게(트위터에서 만난 관계) 처음부터 약간 서로 같은 고민을 하고 있다는 걸 알고 소통하기도 하고 하니까, 그때 관심 주제가 여러 가지 다양했던 것 같아요. 우울함이나 그런 거에 대해서도 되게 많이 얘기하고, 또 그러면서 동시에 어떤 사회 문제, 인권 이런 거에 대해서도 생각이 많고 …… 이렇게 들으면 웃긴가. 일반 사회?

거기에서 (사람을) 보면 만나면서 '앞으로 좀 생각이 비슷한 사람이 너무 필요할 때 할 수 있는 게 트위터밖에 없겠다' 이 생각이 들었어요.

트위터에서 만난 여성들은 우울함과 사회 문제, 인권 등을 주제로 대화를 나누면서 실질적인 관계를 형성했다. 수현도 활동하는 인터넷 카페가 정치적 활동을 한다고 말했듯이, 이런 여성들에게 에스엔에스를 비롯한 온라인 공간은 정치적 의견을 공유하고 동료를 만날 수 있는 곳이다. 온라인 공간이 주는 익명성과 신뢰성은 어려움을 이야기하고 실질적 도움을 주고받는 관계를 만드는 바탕이 된다. 더 나아가 우리는 이곳에서 정치적 의견을 나누며 활동을 조직한다. 일상에서 쉽게 얻지 못하는 말할 기회를 온라인에서 얻는 셈이다.

내가 일한 기관에서 '온라인 고민상담소'를 관리할 때 자주 글을 남기는 이들이 있었다. 마치 친구에게 넋두리하거나 일기 쓰듯이 장황한 이야기였다. 자주 글을 올리면서도 우리가 쓰는 답변은 읽지 않는 듯해 회의를 열었다. 답변을 계속 남겨야 하는지 토론만 하다가 계속 제자리로 돌아왔다.

"우리가 답변 안 달면, 이 사람은 어디에서 이런 얘기를 하겠어요."

동료들 모두 같은 마음이었다. 관리 측면에서는 분명 어려운 이들이었다. 그렇지만 이곳이 아니면 그 사람은 어디에서도 자기 이야기를 할 수 없겠다는 생각이 들었다. 회의 결과 담당자가 최소한의 답변만 달기로 했다. 원래 '온라인 고민상담소' 답글은 '마음친구'라 부르는 활동가들이 작성했다. 마음친구들에게 아무도 읽지 않는 답변을 계속 쓰게 할 수는 없었다. 그래서 마음친구 대신 담당자가 짧은 답글을 쓰기 시작했다. 담당자가 자기가 쓴 답글을 검토해달라 부탁했다. 우리는 단어 하나하나를 뜯어고치면서 짧지만 공감과 위로가 담긴 답글을 완성했다.

여러 동료들이 함께 운영한 '온라인 고민상담소 Hi-there'는 얼마 전 문을 닫았다. 서울시에서 대면형 심리 상담 사업을 확대하면서 예산과 관리 인력이 한정돼 있으니 상담이라는 카테고리에 묶인 다른 사업은 축소하거나 폐지한 듯했다. 그곳에 넋두리하듯 혹은 일기를 쓰듯 글을 남기던 이들은 이제 어디에서 자기 이야기를 하고 있을까. 그이들의 고민과 우리의 답변은 모두 어디로 갔을까.

진료와 상담

무기력한 일상이 이어지던 어느 날 온라인 상담을 신청했다. '네이버 엑스퍼트'에 찾아보니 여러 심리상담사가 있었다. 1시간에 1000원짜리부터 시간당 무려 10만 원까지 상담 채널이 많았다. 임상심리사, 상담심리 전문가 1급 자격증 보유, 자살예방센터 위원 등 전문가들 이력을 찬찬히 훑어봤다. 실력 있으면서 시간당 단가는 낮은 사람이 있을까? 후기가 많은 한 상담사를 찾아 프로필을 읽고 나서 다시 후기를 하나하나 검토했다. 너나 할 것 없이 고맙다는 인사였다. 고민 상담 40분, 2만 원. 네이버에서 주는 온갖 쿠폰을 적용해 1만 원에 결제했다. 결제가 끝나자 채팅을 할 수 있었다. 언제 시간이 괜찮은지 물으니 저녁 시간이 좋다고 했다. 낮에는 상담소나 센터에서 풀타임으로 일하고 저녁에 개인 상담을 하는 듯했다.

약속한 시간에 거실 탁자 앞에 앉아 태블릿으로 네이버 엑스퍼트에 접속했다. 상담사가 앱으로 전화를 걸었다. 전화 받는 방법을 몰라 몇 번을 놓쳤다. 상담사가 채팅으로 방법을 알려줘 간신히 상담을 시작했다. 무슨 말부터 해야 할지 낮부터 고민한 만큼 출발은 쉬웠다.

"너무 무기력해요. 과제를 해야 하는데 못하겠어요. 누워서 '해야 된다'는 생각만 하고 몸이 움직여지지 않아요."

"그랬군요. 실제로 과제를 못한 적이 있나요?"

"아니요. 어떻게든 해서 내기는 하는데, 마감 시간에 급하게 하다 보니 결과물이 너무 창피해요."

"결국 어떻게든 제출했네요. 맞죠?"

"네, 그렇기는 그래요."

"일주일 동안 과제 생각을 안 하는 날이 있나요?"

"아뇨, 없어요."

"과제를 안 해도 되는 날을 정하세요. 주로 무슨 요일에 아무것도 하지 못하나요?"

"학교 다녀온 다음 날, 수요일이랑 토요일이요."

"그럼 수요일이랑 토요일은 과제를 안 해도 되는 날로 정하는 거예요. 5일 동안 괴로워했으니까 이틀은 마음 놓고 쉬어보면 어때요? 운동은 하고 있나요?"

접속이 불안정해서 전화가 한 번 끊겼다. 다시 전화를 연결했다. 운동을 늘리고 쉬는 날을 정하라는 처방을 받았다. 상담사는 차분한 목소리로 여러 번 힘들 만한 상황이라고 말했다. 일을 그만두고 처음으로 타인에게서 공식적인 인정을 받은 기분이 들었다. 마음이 놓였다.

상담이 필요할 때 편하게 이용할 수 있는 이유는 내가 상담을 오랫동안 받은 사람이기 때문이다. 8개월 동안 일주일에 한 번씩 상담사를 만나 울고 웃으면서 나를 알아갔다. 일하면서 알게 된 상담사가 추천한 상담사였다. '사회적 영역에서 일하는 친구'라고 소개해준 덕분에 회기당 11만 원짜리 상담을 7만 원으로 할인받았다. 상담사는 일종의 사회 공헌이라고 여긴 듯했다. 상담을 처음 시작할 때는 너무 고통스러워서 주변이 보이지 않았는데, 지금 돌아보면 이렇게 도움을 받으면서 살고 있다는 사실이 새삼스레 감사할 따름이다. 아니, 나는 참 많이 가진 사람이었다. 신뢰할 수 있는 상담사 덕분에 나하고 잘 맞는 상담사를 쉽게 만났다.

관계가 깊은 상담사가 있어도 일을 그만두고 수입이 사라지니 정기 상담은 꿈도 꿀 수 없었다. 그래서 일회성 온라인 상담을 알아봤다. 상담을 받고 몇 달이 지났다. 이 무기력을 버티려면 다른 도움이 필요하다고 생각했다. 정신과를 알아봤다. 상담사가 추천해 항우울제를 복용한 적이 있어서 부담이 적었다.

동네에 정신과 병원이 여럿 있었다. 전에 간 곳은 대기 시간이 너무 길어 새로운 곳을 검색했다. 생긴 지 얼마 안 된 병원이라서 초진 예약을 바로 했다. 평소라면 집에 누워 있을 시간에 집을 나섰다. 상담을 몇 분 한 뒤 의사가 항우울제를 처방했다. 밤에 잠을 설친다고 말하니까 잠 잘 오는 항우울제가 있다고 했다. 먹어본 적 없는 약이었다.

그날 저녁부터 약을 먹었다. 다음 날 눈을 떠도 몸은 일으킬 수 없었다. 약 기운이 너무 셌다. 비타민이든 한약이든 양약이든 무슨 약을 먹어도 약효가 크게 나타나는 체질이라 그런지 잠이 잘 오는 수준이 아니라 종일 멍하고 도무지 일어날 수 없을 만큼 졸음이 쏟아졌다. 불쾌한 기분이었다. 적응기인가 싶기도 했지만, 다음 날에도 반응은 같았다. 무서웠다. 더는 약을 먹지 않고 다음 예약일까지 버텼다. 일주일 만에 만난 의사가 그전에 먹던 항우울제를 처방했다. 4주 정도 지나자 상태가 나아지는 느낌을 받았다. 무력감과 좌절감이 덜했다. 진작 먹어야 했다. 그동안 맨몸으로 버틴 시간이 아까웠다.

여성 고립 청년 중에는 나처럼 병원에 다니거나 상담을 받은 이가 여럿 있었다. 상담만 받은 사람, 정신과 병원에 다닌 사람, 병원과 상담을 동시에 받거나 다른 시기에 받은 사람까지 다양했다. 고립 시기에 처음 병원에 간 하민을 홍대에서 만났다.

뭔가 할 힘이 안 났었던. 그리고 뭐지 병원 갔을 때 이제 의사 선생님이 이제 저한테 말씀하셨던 게, 원래는 그래도 회복이 됐었는데 그때는 회복 자체가 안 되니까 그래서 갔는데, '지금 세로토닌이라는 성분이 나와서 뭔가 이제 극복을 하고, 다시 회복을 하고, 다시 하고 그렇게 해야 되는데 그게 아예 바닥이 난 상태다' 이렇게 얘기를 하시더라고요. 그래서 뭘 할 수 있는 힘이 안 생겼어요.

나보다 조금 늦게 도착한 하민은 홍대 거리를 오가는 숱한 청년들 중에서도 돋보였다. 아래위로 베이지색 셋업을 입고 있었다. 잘 어울렸다. 이렇게 멋진 사람도 고립될 수 있다니 새삼스러웠다. 고립 청년이라고 하면 다 나처럼 부스스한 머리와 퀭한 눈, 계절에 맞지 않는 옷을 입는다고 생각했다. 선입견이었다. 하민은 고립이 시작된 이유가 비교적 명확했다. 남자 친구하고 이별한 사건이었다. 처음에는 혼자 버티다가 시간이 흐르면서 상태가 나빠지자 병원에 가고 기관에서 운영하는 상담도 받았다. 약물 치료를 진행하면서 함께 받은 상담은 다행히 큰 도움이 됐다. 상담사는 기존에 만나던 이들과는 다른 방식으로 하민이 하는 이야기에 공감해줬다.

(상담) 선생님이 잘 맞았나 봐요.
네. 선생님이 뭔가 처음 보는 반응이었어서.

어떤 점이 다른가요?

가족들도 제가 얘기하면 그냥 시큰둥하고 이러는데, 오히려 선생님이 마음이 아프다고 울어주시고 막 이렇게 하니까, 그거를 보면서 약간 위로받고 이랬던 것 같아요.

그랬구나. 맞아요. 저는 상담 받을 때 (상담사가) 정말 고마웠어요.

맞아요. 대신 눈물 난다고 하시면서, 그렇게.

약물하고 상담하고 같이 받으면 진짜 효과가 좋다고 하기는 하더라고요.

네. 그게 확실히 두 배 효과가 있는 것 같아요.

자기 자신을 위해서 최선의 선택을 하신 것 같은데요.

뭔가 이대로 있으면 안 된다는 생각도 들고, 뭔가 저를 위해서 좀 이겨내야겠다는 생각이 좀 커지고 그랬던 것 같아요.

상담을 하면서 깊은 공감을 받은 하민은 스스로 움직이기 시작했다. 하민처럼 다른 사람이 권유하기 전에 스스로 상담을 시작한 이들은 그런 과정에서 큰 도움을 받았다. 그렇지만 상담이 모든 이들에게 도움이 되지는 않았다.

저는 이제 상담을 몇 번 받아봤는데요. '우울의 척도가 높다'라는 얘기는 늘 들어왔던 것 같아요. 어쩔 수 없이 환경이 그렇다 보니까 걱정되셔서 상담이나 치료나 받아보라 하셨던 분들이 많았어요. 그 순간뿐이죠. 상담이나 치료는 갔다가 오히려 돌아오면 뭔가 더 허무하다 해야 할까요. 늘상 그런 말을 해 주시는 게 아니다 보니까. 환자가 아닌 분들이 더 많잖아요. 가족과 함께하는 똑같은 나이의 사람들이 너무 많은데, 거기에서 오는 약간 박탈감 같은 게 제 우울의 큰 비중을 차지하고 있는 것 같아요. — 연우

상담은 제가 작년에 여기 센터 다니면서 한 아홉 번, 열 번 정도 받기는 했어요. 받았을 때도 약간 비슷한 얘기를 했었고, 거기서도 '가족들의 영향이 큰 것 같고, 뭔가 조금 더 자율적인 활동들을 많이 하고 상담할 수 있는 친구나 주변 사람에게 이야기 많이 하라'는 이야기들 들었었고, 저도 좀 스스로 해보려고 노력은 했었는데, 집에만 오면 그 느낌이 드는 거예요. 아무리 내가 밖에서 활기차게, 기분 좋게 활동하고 다른 사람들 앞에서는 명랑해 보이지만, 집에 오면 집 상황은 안 좋은 거예요. 계속 그런 상황들, 힘든 상황들. 가족의 빚 그거랑, 오빠랑도 또 문제가 있고, 이런 가족 문제들이 그대로 있는 거예요. 오히려 더 심해지면 심해졌지 이게 나아지고 있지가 않아서. 아무리 내가 밖에서 이렇게 노력을 해도 안에서는 이렇게 안 변하는데, 난 집에 있으면 이렇게 너무 불행하고 힘든데. — 재희

연우와 재희처럼 고립을 경험할 때 상담이나 병원이 소용없

는 사례도 많다. 우리 삶은 상담실 밖에서 더 큰 영향을 받기 때문이다. 연우와 재희는 주변에서 소개받아 상담을 하지만 현실이 나아지지 않으면서 오히려 더 허무해졌다. 나아지려고 혼자 아무리 노력해도 현실 앞에 서면 다시 좌절했다. 현실이 그대로 멈춰 변화하지 않는다면 혼자 노력해서 삶을 바꿀 수도 있겠지만, 우리가 살아가는 현실은 그렇지 않다. 주거 정책이 바뀔 때마다 집주인은 보증금이나 월세를 올리고, 가족들이 벌이는 싸움이 걷잡을 수 없이 커져서 도저히 피하지 못할 상황도 생긴다. 상담사나 의사는 그럴 때 옆을 지켜주는 사람이 아니다. 경제적으로 어렵고 안전망이 부족한 현실이 개선되지 않는 상황에서 상담은 오히려 괴리감을 들게 할 뿐이다. 프리랜서로 일하는 수현은 일이 없는 시기마다 고립된 느낌을 받는다.

그러면 매년 7, 8월 즈음에는 일이 없는 거예요?
7월 중순부터 8월 중순. 한 달 정도. 그리고 12월 말부터 1월 중순.

딱 방학 시즌이네요.
근데 12월에서 1월은 자잘한 거 할 때도 있죠. 왜냐하면 코로나니까 온라인으로 자잘한 학회 같은 거, 그런 게 많아졌어요. 근데 대체적으로 그 기간은 쉰다고 생각하면 (돼요).

그럼 그 기간마다, 반복적으로 이 시기마다 그런 고립감이 와요?

네, 저 우울해요. 일을 안 하면. 일을 많이 해도 우울하지만 일을 아예 안 해도 힘들어요.

(일을) 많이 하는 것보다는 안 하는 게 더 우울한 것 같아요. 그럼 그때 뭐해요?

요 근래 1, 2년에서야 산에 가기 시작했죠. 그전에는 뭐 했지? 그냥 집에서 누워 있었던 것 같은데, 유튜브 보고, 누워서 우울해하고. 그리고 인터넷 커뮤니티로, 여자들이 모여 있는 커뮤니티에 가서 글을 자주 읽어요.

고립감에 관해 물을 때 수현이 '우울하다'고 답한 점에 주목해야 한다. 고립과 우울은 분리된 개념으로 받아들여지기보다는 고립된 상태에서 느끼는 우울감이나 정신적 어려움 같은 형태로 인식된다. 일반적으로 여성 청년이 우울에 관해 이야기하면 우울이라는 병리적 현상에 관심이 집중된다. 코로나19가 시작된 뒤 여성 청년 자살률이 빠르게 올라가면서 여성 청년 우울 경험률이나 자살 시도율이 주목받았다. 반면 청년 고립을 이야기할 때는 여성 청년에게 집중하지 않는다. 여성 청년의 우울 발병률과 고립을 연결해서 설명하는 자료도 드물다. 청년 고립이라는 주제가 떠오르기 전에는 중년 남성과 노년 남성 고립에 관심이 집중됐다. 자기 돌봄과 상호 돌봄에 취약해 고립사 문제가 심각해진 탓이었다. 청년 고립이라는 주제가 등장한 뒤에는 '컴퓨터 앞에서 시간을 보내는 남성 청년'이라는 이미지가 청년 고립을 대표한다.

우리 사회는 여성 청년의 고립에 주목하지 않는다. 그렇지만 우리에게 고립과 우울은 꽤 밀접한 관계에 있다. 정서적 고립과 물리적 고립은 분리되지 않는 영역이며, 여성 청년 정신 건강 문제를 자살과 우울에 한정할수록 우리를 둘러싼 사회적 배경은 납작해진다.

감염, 그리고 퇴사

2022년 6월, 애인의 어머니가 일자리를 주선해주셨다. 어머니 아는 분이 새로 들어간 회사에서 직원을 구한다고 했다. 애인의 어머니는 비영리 영역에서 오래 일해 아는 사람이 많았다. 아는 사람의 아는 사람한테서 일자리를 제안받다니, 그렇게 욕하던 '특권'을 내가 누리게 되나 싶어 기분이 썩 좋지 않았다. 그렇지만 일하지 않는 시간이 불안해 더는 견딜 수 없었다. 무능력한 사람이 된 기분이었다. 방원이 밥값도 슬슬 걱정됐다.

'그래, 일단 만나나 보자.'

종각역 근처 높은 빌딩에서 소개받은 분을 만났다. 고층 빌딩에 자리 잡고 있지만 공공 기관의 공유 오피스를 대여해 쓰는 곳이었다. 그분은 새로 시작하려는 사업에 관해 자세히 이야기했다. 이야기를 듣는 내내 흥미가 생기지 않았다. 내 얘기는 거의 하지 못했다. 가까스로 끝자락에 내 경력을 간단히 말할 수 있었다. 그렇게 해서라도 '나'라는 사람의 존재를 알리고 싶었다. 집에 오는 길에도 기분이 좋지 않았다. 그곳이 내 자리 같지 않았고, 제안받은 직무도 전에 하던 일하고는 영 달랐다.

주말에 애인이 집에 왔다. 우리는 그 일자리를 놓고 토론했다. 내가 가장 마음이 끌린 이유는 연봉이었다. 전에 받던 만큼 연봉을 맞춰주겠다는 이야기를 들으니 다른 조건을 고려할 수 없었다. 퇴사 뒤 종종 '사람인'이나 '잡코리아' 같은 곳을 뒤져보니 전에 받던 연봉은 무리였다. 시세가 그랬다. 내가 그동안 경력을 쌓아온 비영리 영역은 자원이 귀해져서 그 정도 연봉을 주는 곳이 없었다.

'전에 일하던 영역에서는 왜 나를 찾는 사람이 없을까?'

불안이 더해졌다. 마음을 정하고 다시 미팅을 잡았다. 이 무기력을 벗어나야 했다. 나를 세상에 내놓고, 사람들하고 교류하고, 출근을 하면서 일상을 되찾아야 했다. 연봉을 협의하고, 출근일을 조율하고, 업무에 관해 자세한 이야기를 들었다. 그분은 무슨 이유 때문인지 나하고 같이 일하고 싶다고 했다. 인정받는 기분이 들었다, 아주 오랜만에.

종각역 어딘가에 내 자리가 생겨서 뿌듯했다. 다시 사회로 나와 내 자리를 확보했다. 일도 할 만했다. 처음 하는 일이지만 못할 정도로 어렵지는 않았다. 그동안 일한 분야하고는 달랐지만 나름대로 사회적 가치를 담은 회사였다. 그런데 출근이 쉽지 않았다. 사람 붐비는 지하철이 힘겨웠다. 일을 쉬는 동안에는 대중교통을 타면 노인이나 임산부에게 자리를 비켰다. 이제 눈앞에 거동이 힘들어 보이는 사람이 지나가도 일어나기 싫었다.

'내가 이렇게 힘든데, 누굴 배려해?'

점심시간이 되면 체력이 바닥나 비어 있는 회의실에서 몸을 뉘었다. 관계도 힘들었다. 매일 혼자 있다가 예닐곱 사람들 사이에서 대화하고 때마다 반응을 살피자니 가뜩이나 힘든데 더 피곤했다. 누군가 싫은 소리라도 하면 머리가 곤두섰다. 예전에 일할 때도 이렇게 예민하게 반응했던가? 평가받는 기분이 낯설었다. 그래도 전처럼 밝은 사람으로 보이고 싶어 애써 웃으며 사무실에 들어서고 큰 목소리로 인사했다. 유쾌한 척하며 농담을 하고 재치 있는 척 사람들 말을 받아쳤다.

출근한 지 2주 정도 지난 때 코로나에 걸렸다. 그동안 집에만 있느라 피할 수 있었지만, 주중에 날마다 출근하고 사람을 많이 만나기 시작하자 곧장 감염됐다. 규모가 작은 회사라 아프다고 마냥 쉴 수는 없었다. 증상이 나아진 격리 둘째 날부터 재택근무를 시작했다. 상사하고 업무 연락을 주고받으며 간신히 일을 처리하고 시간이 나면 잠시 누웠다. 문득문득 누군가 지켜보고 있는 기분이 들었다. 집에는 나하고 방원이밖에 없는데 조금이라도 딴짓을 할라치면 누군가 비난하는 눈길을 보내는 듯했다. 책상 앞에 구겨지듯 누워 있는 몸을 다시 일으켰다. 회사 노트북을 사무실에 두고 와서 친하지 않은 동료에게 자료를 보내달라 부탁해야 했다. 상사가 요구한 자료를 만들어 메신저로 보내고 답변을 기다렸다. 반응이 좋지 않았다. 그동안 버텨온 멘탈이 산산조각 나기 시작했다. 밖에 나가고 싶었다. 매일 누워 있던 일상이 엊그제인데, '나가지 않는'과 '나가지 못하는'은 달랐다. 너무 답답해 소리를 지르고 싶었다. 결국 울음이 터졌다. 애인에게 전화해 엉엉 울었다.

"나가고 싶어. 너무 힘들어."

다음 날 출근 시간에 맞춰 노트북 앞에 앉았다. 아무것도 할 수 없었다. 뇌가 작동하지 않았다. 머리를 쥐어 뜯었다. '일을 해야 해. 일을 해야 해.' 지난번 온라인 상담을 받은 상담사에게 연락해 다시 상담을 예약했다. 저녁에 온라인으로 만나자고 약속을 잡았다. 저녁까지만 버티면 되는데 버티기가 힘들었다. 주변 사람들에게 전화를 걸었다. 그동안 겪은 무기력은 말하지 않았다. 새로운 회사 생활과 커리어에 관한 고민을 풀어놓다가, 결국에는 퇴사하면 어떨지 의견을 물었다. 내가 고를 수 있는 선택지가 퇴사뿐이라고 생각했다. 이 사람 저 사람하고 통화를 하면서 상담 시간이 되기를 기다렸다. 그리고 상담을 할 때쯤에는 퇴사하기로 마음을 굳혔다. 상담사가 만류했지만, 결정을 바꾸고 싶지 않았다. 그래야 격리 기간에 겪을 고통을 버틸 수 있을 듯했다. 퇴사를 결정하자 다음 날부터 일을 할 수 있었다.

격리 기간이 끝난 뒤 상사를 만났다. 한 달을 채우고 퇴사하기로 합의했다. 자존심이 상했다. 겨우 이 정도도 버티지 못하는 사람인가, 나는? 실망스러운 마음이 컸다. 지금도 그때 한 선택이 최선인지는 모르겠다. 다만 친구들하고 나눈 통화가 기억에 남는다. 친구들이 건넨 조언보다는 오랫동안 놓고 지낸 연결감이 더 중요했다. 나에게 조언을 해줄 사람이 있고 나를 위해주는 사람이 있다는 사실에 안도했다. 다시 고립되지 않을 수 있다고 생각했다.

착각이었다. 잠깐 이어진 직장 생활과 친구들하고 나눈 통화를 계기로 회복한 자존감은 퇴사 뒤 한 달을 채우지 못하고 사라졌다. 다시 누워 있는 일상이 시작됐다.

아무도 도움이 되지 않을 때

커리어를 고민할 때는 곧장 연락할 사람들이 있었다. 업무의 어려움, 조직의 혼란, 관계 문제와 진로까지 얼마든지 상의하고 조언을 구할 수 있다. 마음먹은 일을 실행하려면 주변의 지지가 필요한 나는 사람들이 건넨 도움을 받아 맞지 않는 회사를 시원하게 그만둘 수 있었다.

고립감 때문에 괴로울 때는 친구들에게 연락하지 못했다. 연락해서 뭐라고 하겠는가. '나 너무 힘들어요. 무기력해요'라는 말은 차마 못하지 않았을까. 바쁘게 돌아가는 세상에서, 열심히 사는 이들이 흘러넘치는 이 사회에서 내가 겪는 고립은 숨겨야 할 낙인처럼 느껴졌다. 고립이 오로지 내 탓은 아니라는 사실을 알았지만, 그렇다고 다른 사람에게 도움을 요청하기도 어려웠다. '배가 불렀네'라는 비난이 귓가에 맴돌았다. 어쩌면 내가 누군가를 향해 뱉은 적 있는 말이었다. 참고 참다가 상담사와 의사를 찾아갔다. 그런 이들 앞에서는 얼마든지 약해질 수 있었다. 그런 일이 '직업'인 사람들이니 여러모로 편리했다.

남들이 도와줄 수 있는 부분이라고 생각 안 했던 것 같아요. 병원이 필요하면 병원에 가고 상담이 필요하면 상담을 받아야 되겠지만, 근데 일단 사실 상담을 다니다가 서울로 다니다가 코로나가 너무 심해가지고 못 다니고 '병원 갈 정도는 아니야'라고 생각했었고, 그리고 또 어떤 무기력증, 내가 심리적으로 상태가 안 좋다 이런 거를 친구들이나 누가 해결해줄 수 있는 문제라고 생각도 안 들었고. 사실 그런 문제를 친구가 해결해주려고 하면 서로 힘들어지잖아요. ─이정

제 성격 탓인 것 같기는 한데 뭔가 도움의 손길을……. 힘든 일이라도 제가 친구들한테 털어놓기가 좀 힘들어서. 왜냐하면 '굳이 힘든 일을 나눌 필요가 뭐가 있나?' 하는 생각이 드는 편이라서. ─성현

마치 길들여진 양 우리는 자기가 겪는 일을 '내 문제'라고 생각했다. 내 문제는 다른 이가 도와줄 수 없지만 의사나 상담사 같은 직업인에게는 털어놓을 수 있다. 병원이 필요하면 병원에,

상담이 필요하면 상담소에 간다. 이 문제는 '내 성격 탓'이기 때문이다. 자활 사업에 참여하면서 사이버 대학교에 다니는 연우는 자기가 지닌 취약성을 '민낯'이라고 말했다.

> 가까우면 가까울수록 뭔가 제 민낯을 보여주는 느낌이라서. 심지어는 저 고등학교 때 자퇴했을 때도 친구들한테 얘기 안 했었거든요. 그런 식으로 민낯이 밝혀지는 게 싫어서.
>
> 민낯이라는 건 어떤 거예요?
> ------------------------------------
> 제가 살아온 환경이라든지, 아니면 경제 수준. 제가 가지고 있는 학력이나 배움 이런 수준이 아닐까 싶어요. 남들에게 좀 약간 떳떳하게 보여줄 수 있는 지표 같은 거.

학력, 성장 배경, 경제 수준은 친한 이들에게도 쉽게 보여줄 수 없는 민낯이다. 커리어에 관한 고민은 쉽게 나눌 수 있지만 고립감을 이야기하지 못한 이유는 그 점이 내 민낯이기 때문이었을까. 사전을 보니 민낯은 '화장하지 않은 얼굴'이다. 민낯은 드러내지 말아야 한다. 사회 통념상 가려야 하는 다른 신체 부위하고 다르게, 드러나 있지만 그렇다고 진짜로 드러내서는 안 된다. 민낯을 보이면 아프거나 이상한 사람이 되는데, 어느 쪽도 긍정적으로 받아들여지지 않는다.

수현은 다른 사람에게 자기가 지닌 취약성을 드러내지 못하는 이유가 '나보다 남들이 더 힘들어 보여서'라고 말했다.

> 내가 일을 하다 보니까 남자들은 도움 요청을 잘해요. 그냥 뻔뻔
> 하게. 안 된다고 해도 해달라고 하고. 여자들은 '안 돼요' 하면 '죄
> 송해요' 하고 그러거든요. 근데 남자들은 잘······ (여자들은) 도와
> 주고 배려해주고 이게 너무 당연하게 몸에 배 있나 이런 생각도
> 들고. ······ 저는 어릴 때부터 내가 힘들다 이런 거를 얘기하는데
> 죄의식 같은 게 느껴지는 게 있어가지고. 나보다 내 주변 사람들
> 이 더 힘들어 보였거든요. 내가 힘든 거 말해서 부담을 주기 싫은
> 거죠.

우리는 자기보다 타인을 먼저 생각하는 습관이 몸에 배어
있다. 그래서 자기가 겪는 어려움을 드러내면 상대에게 부담이
된다고 여긴다. 심지어는 죄의식마저 느낀다. 일반적으로 남성
은 스트레스나 우울 상황에서 공격적이거나 충동적인 행동으
로 감정을 표출한다.[*] 반면 여성은 자해와 자책 등 내부적인 방
식을 취한다. 우리가 겪는 어려움은 타인 때문이 아니라서 타인
에게 드러낼 수 없다. 따라서 외부를 향해 공격적 방식으로 고

---

[*] C. P. Cross, L. T. Copping and A. Campbell, "Sex differences in impulsivity: A meta-analysis", *Psychological Bulletin* 137(1), 2011, pp. 97~130.

통을 표현하지 않는다. 그저 자기 성격을 탓하며 혼자 버티는데, 도저히 버틸 수 없을 때가 되면 취약성을 드러내도 안전한 의사나 상담사를 찾는 사례가 많다(그래서 여성 청년은 우울 진단율이 높다).

우리 사회에서 아픔은 어떻게 읽히는가. 타인에게 내 아픔을 드러내면 아픔은 곧 약점이 된다. 약점은 나를 지킬 수 없게 한다. 나를 지켜야 하는 이유는 우리 사회가 안전하지 않기 때문이다. 약점은 남들이 씹을 거리가 되고, 때로는 이용당하는 매개가 된다. 마음이 아프고 힘들 때 이런 상황을 드러내면 다른 이들은 나에 관해 쉽게 이야기한다. 내 고통은 곧 내 모든 행동의 근원이 되고 나는 '멘탈 약하고, 능력 없고, 다른 사람하고 원만히 어울리지 못하는 사람'이 된다. 그리고 그런 평가는 내 인간관계와 커리어의 발목을 잡는다. 그렇다면 이렇게 내 세계에서 침잠하다가 때가 되면 세상으로 나가는 편이 안전하다.

수현은 취미가 하나 있다. 일주일에 한 번 온라인으로 불교대학 마음공부 모임에 참여한다. 수현은 마음과 몸이 겪는 어려움을 그 모임에서 털어놓고 공감받는다. 자기를 괴롭히는 아픔을 서로 비밀로 할 수 있는 그곳은 수현에게 상담실 같은 구실을 한다.

불교대학 친구들은 아픔이 있는 분들이 많아요. 그렇기 때문에 내가 '몸이 어디 아파요, 정신이 아파요' 이런 (얘기에) 공감을 굉장히 많이 해주시고, 열린 마음으로. 그러니까 들어주는 것만으로도 치유가 될 때가 있잖아요. 근데 여기는 (다른 사람이나 병원을) 소개받고 이런 건 절대 금지예요. 왜냐면 그런 게 엮이는 순간에 관계가 어그러질 수 있다고 생각을 하기 때문에.

개별 연락 같은 걸 금지시켜요?

네. 개별 연락, 사적인 (연락 금지).

나름 룰이 있군요. 오히려 그게 더 안전하게 느껴질 수도 있겠네요? 그런가요?

네, 훨씬 나아요.

아픔을 나누고 공감받는 경험은 모든 이에게 필요하다. 어딘가에서 상처를 받더라도 공감을 통해 다시 마음의 근육을 단련하고 자리에서 일어난다. 그 경험을 바탕으로 사람을 만나고, 몸을 움직인다. 아픔이 없는 사람은 없다지만, 이 사람이, 이 장소와 모임이, 이 사회가 안전하지 않다고 느끼기 때문에 우리는 아픔을 온전히 드러낼 수 없다. 자기가 겪는 아픔을 밖으로 드러내는 이는 공감을 받은 경험이 있거나 더는 견딜 수 없는 사람뿐이다. 견딜 수 없을 때 말하기가 아니라 죽음을 택하는 이들도 있다.

고립 시기에 자살을 생각한 여성 고립 청년은 열 명 중 다섯 명이다. 각자의 언어로 죽음이나 자살을 말했다. '자살'을 고려한 사실을 직접 털어놓기도 하고 '죽고 싶었다'는 말로 에두르기도 했다.

진짜로, 그냥 정말로 자살을 또 하고 싶은데 하기는 무섭고 그런 느낌으로 살았던 거라서. '그 시기를 버텼냐'라고 하면, 진짜 그냥 무서워서 목숨을 연명했다라는 느낌. — 서진

그냥 저 자체를 그냥 놓고, 그때는 진짜 그냥 살고 싶다는 생각이 안 들었으니까, 밥도 잘 안 먹고 그냥 계속 '죽고 싶다' 이렇게 생각했어요. — 하민

그때는 되게 항상 '죽고 싶은데 왜 죽으면 안 되지?' 이런 생각을 더 많이 했었어서 잘 기억나는 게……. — 이정

자살 시도 경험이 있는 참여자 서진에게 고립 시기를 버틴 요인에 관해 물었다. 서진은 '죽고 싶지만 무서워서' 자살을 연기하며 버티게 되더라고 답했다. 애인하고 이별한 뒤 고립의 시간을 보내게 된 하민은 자기 자신을 놓아버리고 '죽고 싶다'는 생각만 했다. 정신적 어려움 탓에 오랫동안 고립감을 느낀 이정은, '죽고 싶은데 왜 죽으면 안 되는지'를 고민했다. 그저 그 생각만

하며 지낸 탓에 고립의 시간 속에서 다른 기억은 희미하다. 우울과 자살은 우리 여성 고립 청년에게 익숙한 문제다. 그리고 고립은 우울과 자살을 불러오는 중요한 촉진 요인이다.[*]

고립 시기에 자살을 고려한 적이 있는지 나 자신에게 물었다. 자살을 고려하지는 않았지만, 죽음에 관해 많은 생각을 했다. 어떻게 살아야 할지 막막했다. 삶은 바뀌지 않을 듯한데 이대로 견디기에는 남은 생이 너무 길었다. 나도 모르는 새에 죽음에 가까워지고 있었다. 자살하는 여성 청년이 늘어나는 이유를 살펴보니 자기에게 닥친 불행을 자기 탓으로 돌리는 경향이 드러났다. 또한 심각한 고민이나 심리적 어려움을 맞닥트린 여성 청년은 일기 쓰기나 산책 같은 개인적 노력을 먼저 한 뒤 견디기 어려운 정도로 힘들어질 때가 돼서야 병원을 찾거나 심리 상담을 받는 등 여전히 '개인적' 해결을 우선했다.[**] 내가 만난 여성 고립 청년들도 가족 간 갈등이나 안정된 일 경험이 부재한 상황 등을 이야기하면서도 자기가 겪은 고립을 타인이 저지른 잘못이나 사회적 불합리 탓으로 온전히 돌리지는 않았다.

자살은 갑자기 일어나지 않는다. 삶의 여러 굴곡을 지나면

[*] 장숙랑, 〈감염되는 절망: 청년여성의 정신건강〉, 《페미니즘연구》 21(2), 한국여성연구소, 2021, 235~247쪽.
[**] 이현정, 〈여성 청년 자살에 관한 인류학 보고서〉, 김현수 외 지음, 《가장 외로운 선택》, 북하우스, 2022, 91~92쪽.

서 아픔을 겪고 치유하는 과정을 오롯이 혼자 버티다가 몸과 마음이 견딜 수 없게 되면 그제야 죽음이 다가온다. 죽음을 선택하는 이들은 죽음을 통해 어떤 말을 하고 있다.

자살은 정신적 어려움을 겪는 극소수 여성 청년 사이에서만 일어나지 않는다. 반복되는 죽음은 사회적 소외와 배제를 의미한다. 죽음을 선택하는 이들을 괴롭히는 설명할 수 없는 고통과 죽음에 이를 때까지 겪는 경험을 통해서 남아 있는 사람들은 그 말들을 찾아내야 한다. 그이들이 살아 있을 때 하지 못한 말들은 무엇인가?

2부

/

기억

전환

'여성 청년 고립 경험'으로 연구 주제를 정한 나는 기관에서 일할 때 만든 연구 보고서를 꺼내 들었다. 2020년 서울시 청년수당 참여자 약 2만 명을 대상으로 한 설문 결과를 분석한 보고서였다. 아플 때, 돈이 필요할 때, 대화 상대가 필요할 때 도움을 요청할 수 있는 사람 수를 고립 연구에서는 가장 중요하게 본다고 했다. 연구를 기획할 때 전문가 자문을 거쳐 이 질문을 설문에 넣었다. 정말로 중요하다고 생각하지는 않았다. 전문가가 중요하다니까 넣었다.

집에서 연구 보고서를 한 장씩 읽었다. 일하는 동안에는 이렇게 집중해서 자료를 읽지 않았는데, 이제야 240쪽 사이사이 깃든 얼굴이 보였다. 이 설문에 참여한 사람들은 어떤 마음으로 질문에 답했을까. 머릿속으로 주변 사람 얼굴을 하나씩 떠올리며 손가락으로 숫자를 셌을까? 아니면 귀찮아서 대충 답변하고 다음으로 넘어갔을까? 평균이라는 숫자는 마치 한 사람의 얼굴을 한 듯 보이지만 그 안에 2만 명의 사람이 있다고 생각하니 마음이 아득해졌다.

눈에 걸리는 내용이 여럿 있었다. 여성은 가족 대면 횟수와 연락 빈도 평균이 남성에 견줘 높지만 도움을 요청할 수 있는 가족 평균 수는 남성보다 적었다. 내 주변에는 가족하고 연락하지 않는 친구가 여럿 있다. 그 친구들은 가족이 지나친 요구를 한다. 돈을 매개로 가족 안에 머물기를 강요하고, 직접적으로 금전적 요구를 하기도 한다. 친구의 개인사를 듣다 보면 독립은 피할 수 없는 일이라는 생각이 든다. 더 흔한 사례는 가족의 평화와 안녕을 지키려 애쓰는 이들이다. 이 친구들은 가족하고 같이 살지 않더라도 가족 간 불화를 해결하기 위해 자주 연락할 수밖에 없다. 가족 안에서 일종의 감정노동을 하는 이런 이들은 자기가 얼마나 고생하고 있는지 깨닫지 못하다가 문득 억울한 감정에 휩싸인다. 그렇지만 가끔 가족들이 고맙다거나 미안하다고 하면 다시 소방수가 된다.

우리에게 가족은 아주 복잡한 존재다. 독립을 준비하던 시기에 가족은 족쇄 같았다. 우리 가족은 내게 금전을 요구하거나 정서적 학대를 하지는 않았지만, 나를 향한 기대나 욕구를 확인할 때면 숨이 막혔다. 내가 하고 싶은 일을 하고 되고 싶은 모습이 되는 데 가족은 도움이 되지 않는다고 생각했다. 가족을 벗어나기로 마음먹었다. 나만의 삶을 만들고 싶어 가족하고 거리를 두기 시작했다. 가족들 생각은 고려하지 않았다. 독립을 지지받지 못하자 나는 윽박질렀다. 성인이니까 내가 하고 싶은 대로 살겠다며 소리를 질렀다. 때로는 편지로 설득했다. 이러나저러나 어차피 나갈 건데 뭘 그런 정도까지 하나 싶기도 했지만, 돌이켜보면 가족은 그때까지 내 삶에 큰 비중을 차지하고 있었다. 가족에게서 벗어나고 싶은 마음이 딱 그만큼이었다.

가족들에게 화를 낸 또 다른 이유는 친구다. 가족하고 떨어져 산 지 오래된 그 친구는 아주 드물게 연락을 이어간다. 딱히 사이가 나쁘지는 않다. 가족들은 친구가 뭘 하든 지지하고 친구를 있는 그대로 존중한다. 그래서 그런지 친구는 늘 자신감이 넘치고 새로운 일을 시작할 때 두려움이 없었다. 친구는 가족이 자신에게 가장 큰 자원이라고 자주 말했다. 이제 와 생각하면 그 친구 상황은 꽤 희귀한 편이다. 가족하고 자주 연락하지 않으면서도 필요할 때 도움을 받는 사례는 그 친구 말고 본 적이 없다. 오히려 가족하고 자주 연락하지만 정작 힘들 때는 혼자 삭이거나 다른 방법을 찾는 사람이 훨씬 많다. 설문 결과에 비교해도 그렇다. 여성 청년은 연락 빈도가 높지만 도움을 요청할 수 있는 가족 수는 적었다. 나와 친구들이 바로 그런 사례였다.

아플 때 도움을 받을 수 있을지를 분석한 부분에서 '그 외 지인'이 가장 눈에 띄었다. 가족과 친척, 친구, 그 외 지인 중 누구에게서 도움을 받을 수 있을지를 묻자 그 외 지인이라 답한 비율이 남성은 71.3퍼센트이고 여성은 57.4퍼센트였다. 도움을 받을 수 있는 그 외 지인의 평균 수도 달랐다. 남성은 1.98명인 반면 여성은 1.37명이다. 언뜻 차이가 커 보이지 않겠지만 평균치라는 점을 감안하면 결코 작은 차이가 아니다. 아플 때와 대화 상대가 필요할 때에도 결과는 비슷했다.

나도 도움을 요청할 수 있는 '그 외 지인들'의 얼굴을 떠올려봤다. 전 직장 상사, 동료, 전 직장과 그전 직장에서 알게 된 업계 사람이 대부분이었다. 직장 생활과 그 안에서 맺는 관계가 20대 후반부터 내 삶의 핵심을 형성한 관계이기 때문에 선뜻 이해되지 않았다. 왜 우리는 가족이나 친구를 벗어난 관계가 남성에 견줘 적은지, '그 외 지인들'하고 서로 도움을 주고받을 수 있는 관계가 되지 못하는 이유는 무엇인지 확인하고 싶었다.

2021년 고립 사업 담당자로 한창 열심히 일하던 때였다. 상태를 확인하려 한 번 통화한 사람이 갑자기 문자를 보내왔다.

'이제 그만하고 싶어요.'

그만하고 싶다니, 아무래도 자살 암시 같았다. 바로 상사에게 보고하고 그 사람에게 전화를 걸었다. 받지 않았다. 계속 걸어도 받지 않았다. 문자에도 답이 없었다. 늦은 밤까지 연락이 없자 상사는 개인 정보를 파악해 경찰에 신고했다. 다행히 경찰은 그 사람이 무사하다고 확인했다. 심리 상담을 권해도 그 사람은 여전히 답이 없었다. 2주 정도 지나 다시 연락하자 그제야 통화를 할 수 있었다. 경찰이 오는 바람에 가족들이 상태를 알게 되고 다행히 대화도 잘 풀려 지금은 훨씬 괜찮은 상태라고 말했다. 필요한 일은 없는지 물었다.

"여자 친구요."

성희롱으로 느껴지지는 않았다. 죽으려던 사람이 농담할 기운이 생겨 다행이라고 생각했다. 그 사람이 한 농담이 그저 농담은 아니라는 점은 여러 연구에서 증명돼 있었다.

여성 1인 가구와 남성 1인 가구의 스트레스가 상이한 측면에서 나타나고 있는 것으로 밝혀졌다. 여성 1인 가구의 경우 안전 관련, 노후 불안, 신체적 건강에 대한 스트레스가 높은 것으로 나타난 반면, 남성 1인 가구의 경우에는 성적인 욕구의 해결과 연인관계로부터 받는 스트레스에서 높은 수준을 보이고 있었다.[*]

혼자 피식피식 웃었다. 이 활자들은 내가 실무자로서 겪은

---

[*] 남영은·김정은, 〈1인 가구의 사회적 지지와 자기방임관계에서 위급시 조력자 부재로 인한 스트레스의 매개효과: 청년 및 중년 1인 가구를 중심으로〉, 《한국가족관계학회지》, 25(4), 한국가족관계학회, 2021, 61~76쪽.

상황, 그리고 지금 내 모습하고 닮아 있다. 그렇지만 '배우고 아는 것'과 '자기 상태를 인정하는 것'은 차원이 다른 문제다. 전 직장에서 고립 사업을 담당하고 고립을 다룬 논문을 준비하는 내가 고립 상태라는 사실을 받아들일 수 없었다. 그러던 어느 날 이틀 내내 유튜브만 보다가 화장실에 들어가 거울을 보는데 기분이 이상했다. 거울 속에는 씻지도 먹지도 않은 내가 부스스한 모습으로 서 있었다. 생기라고는 찾아볼 수 없었고, 화장실 변기 위에 놓은 태블릿에서는 여전히 영상이 재생되고 있었다. 연구보고서에서 본 한 문장이 떠올랐다.

'휴식 시간에 TV/유튜브/넷플릭스/SNS를 하는 비율이 가장 높음.'

사람을 안 만나고 외출도 하지 않는 많은 날 중 하루였다. 그제야 내가 고립된 사실을 인정했다. 나도 고립 청년이라는 현실을 받아들였다.

기억나지 않는다

사람을 잘 안 만나고 바깥 활동도 하지 않자 삶을 다채롭게 하는 에피소드가 사라졌다. 사건과 사고 없는 하루하루는 기억나지 않는다. 끼니를 잘 챙기지 않고, 토스트를 그나마 자주 해 먹고, 유튜브를 아주 많이 보고, 잠에서 깨면 거실로 나가 다시 누웠다. 무기력한 와중에도 방원이 놀이 시간은 지키려 애썼고, 내 밥은 제쳐도 방원이 밥은 챙겼다. 이 기억이 전부다.

여성 고립 청년들을 만나며 그이들하고 겹치는 기억들을 조금씩 꺼냈다. 너무 힘들어 온라인 상담을 받은 날, 애인이 만들어준 강된장을 먹고 함께 산책을 나간 일, 무기력을 없애려 급하게 들어가고 급하게 퇴사한 회사. 고립된 생활 속에서도 삶은 흘러가고, 살아 있다면 뭔가를 생각하고 경험하기 마련이다.

자고, 심지어 저 밥도 안 먹거든요. 하루에 한 끼 먹나? 그러고 뭐
했는지 모르겠어요. 기억이 안 나. ─세진

하루 종일 누워 있었던 것 같아요. 밥도 잘 안 먹고, 사람들도 잘
안 만나고, 계속 누워만 있고, 계속 그랬던 것 같아요. ─하민

누워 있으면 하루는 느리게 가는 것 같지만 한 달이 엄청 빨리 가
잖아요. 그래서 그렇게 보냈죠. 뭐 했는지 잘 모르겠어요. ─수현

　나처럼 여성 고립 청년들은 고립의 일상이 기억나지 않는다
고 말했다. 우리에게 고립은 기억나지 않고 기억하기 힘든 '사건'
이다. 나는 '외상 후 스트레스 장애PTSD'라고 봤다. 피티에스디를
대표하는 증상이 기억 상실이다. 우리는 고립이라는 사건을 제
대로 기억하지 못한다. 일상의 에피소드가 적어서 그렇다고 생
각했지만, 이야기를 거듭하면서 기억을 살려보니 삭제된 대상은
기억이지 시간이 아니었다. 스스로 고립은 끝이라고 생각한 뒤
에도 나는 종종 다시 그때로 돌아갈 수 있다는 두려움에 휩싸인
다. 어떤 좌절과 실패 때문에, 호르몬이 변화해서, 환경이 바뀌면
다시 고립될까 봐 두렵다. 고립이 끝난 뒤에도 고립하고 함께 산
다. 마치 불행한 사건은 평생을 따라다니듯. 지난 1년을 함께한
여성 고립 청년에게 편지를 띄운다.

—

안녕. 우리가 알게 된 지도 1년이 지났네요. 저는 그동안 고립에 관한 이야기를 쓰고 있었어요. 사실, 잘 기억나지 않는 시간이지만요. 어쩌면 잊고 싶은지도 모르겠어요. 그때 나는 힘들었어요. 힘들다는 이야기를 주변에 할 수 없을 만큼 제 자신을 별로 안 좋은 인간이라고 생각했어요. 이렇게 많은 시간을 이렇게 쓰고 있다는 사실을 주변에 알리고 싶지 않았어요. '어떤 계기가 있으면 스스로 변할 수 있지 않을까? 당장 내일 아침부터 벼락 맞은 듯 부지런한 사람이 되면 좋겠다'고 생각했죠.

가끔 '어떤 계기'를 찾으려 애쓰기도 했어요. 유튜브에서 게으름을 다룬 영상도 보고, 햇볕이라도 쬐려고 목적지 없이 밖에 나간 적도 있죠. 볕이 쨍쨍한 봄인가 봐요(가을일지도 몰라요). 나오기는 했는데 뭘 해야 할지 모르겠더라고요. 가고 싶은 곳이 없었어요. 다시 들어가 눕고 싶었죠. 집 바로 앞에 신호등이 있었는데, 그 신호등도 멀게 느껴졌어요. 신호등을 건넜지 생각은 안 나요. 예상보다 일찍 집에 돌아온 기억만 남아 있습니다.

열심히 살지 않으면 남들 앞에 나설 수 없다고 생각한 걸까요? 저에게는 절친한 친구들이 있어요. 진심 어린 마음을 고백하면 든든한 응원을 해줄 사람들이지만, 그때는 제 이야기를 자세히 하지 못했어요. 이야기할 거리가 없다고 생각했죠. 무기력을 극복하려는 노력에 관해서만 말했어요. 운동이나 모닝 페이지 같은 일들이요. 꾸준히 한 일은 아무것도 없지만요.

아, 맞다. 운동을 한 적은 있었어요. 퇴사하자마자 나름 큰 돈을 들여 퍼스널 트레이닝, 피티를 받았죠. 사실 그때도 무기력해서 약속 시간을 자주 바꿨죠. 다행인지 불행인지 강사도 일정을 자꾸 조정했죠. 그래서 저도 미안해하지 않고 무기력한 날은 다른 핑계를 대면서 운동을 안 갔어요. 강사는 진짜로 바빴겠죠. 저는 그냥 무기력한 거고요. 강사는 왜 운동을 하는데도 근육이 안 붙는지 궁금해했죠. 먹지를 않으니까 당연히 근육이 안 생겼어요. 강사가 식단 관리를 해야겠다면서 근력 증량용 식단표를 만들었는데, 처음 보자마자 '이건 못 하겠다'고 생각했죠.

아무튼 잠깐이지만 피티 받을 때 배운 동작을 써먹기로 마음먹고 새로운 헬스장에 등록했어요. 할머니하고 할아버지들이 많이 다니는 동네 헬스장이었는데, 가격도 싸고 정감 있는 곳이었어요. 곳곳에 사장님이 손으로 쓴 안내문이 붙어 있었죠. '목욕탕 안에서 오일 맛사지 금지!', '운동은 현대인의 필수입니다.'

처음 한 달은 일주일에 두 번씩 운동했어요. 어느새 헬스장 가는 이유가 운동보다 목욕이 됐죠. 비밀인데, 밖에 잘 안 나가니까 굳이 매일 씻을 필요가 없더라고요. 그런데요, 언제부터 목욕하러 가기도 싫더라고요. 헬스장에 등록한 뒤에는 일주일에 한 번도 안 가면 죄책감이 들었어요. 그런데도 못 가겠더라고요.

'다음 주에 한 번 더 가자'고 마음을 먹었는데, 다음 주에도 못 갔어요. 이유도 없어요. 그냥 누워 있기만 했어요.

인터뷰하면서 자연스럽게 제 이야기를 많이 했지만, 이렇게 구구절절 해본 적은 없지 싶어요. 저는 당신에게 깊은 친밀감을 느꼈어요. 그동안 아무한테도 말하지 못한 제 마음을 당신이 대신 말해주는 기분이었죠. 인터뷰 속기록을 들으면 함께 있는 기분이 들었어요. 그렇지만 당신도 알다시피 우리는 무척 달랐어요. 저는 고립된 상황에서도 대학원생이라는 신분이 있었고, 속마음을 이야기하면 위로와 응원을 건넬 친구들이 있었고, 얼마간 모아둔 돈도 있었죠. 요즘에는 그런 차이가 당신하고 나 사이의 거리를 만든 걸까 생각해요.

논문을 더 잘 쓰고 싶었는데, 그러지 못했어요. 저는 게을렀거든요. 당신들 이야기를 더 많이 담아내고 더 잘 설명하고 싶었는데, 그때는 거기가 제 한계였어요. 당신이 논문 내용을 불편해할까 봐 걱정을 많이 했어요. 일일이 만나서 이 내용을 써도 될지 물어보고 싶었지만, 그럴 기운이 없었어요. 거절당할 때 대처할 방법도 모르겠더라고요. 그래서 일단 썼어요. 연구 동의서가 있으니 괜찮다면서요. 논문을 다 쓰고 연락한 때 답이 오지 않으면 마음을 바짝 졸였죠. 인터뷰가 불쾌한 기억으로 남아 있을지도 모르고, 몇 달 동안 연락이 없다가 이제야 연락하는 모양새도 이상한 듯하고, 무엇보다도 당신이 다시 나빠진 상태면 어쩌나 하고요. 연락이 바로 닿은 이들은 직접 만나 논문을 줬어요. 그중 한 친구는 계약 기간이 끝나 일을 쉬고 있었죠. 일을 그만둔 뒤 상태가 좋지 않다고 했어요. 인터뷰할 때 담당 업무를 소개하던 열정적인 모습이 겹쳐 보여서 마음이 더 아팠어요. 청년 지원 기관에서 오랫동안 일한데다가 그 경험이 유일한 경력인 제가 선뜻 도움을 주지 못하는 현실이 답답했어요.

지금도 기억나지 않을 날을 보내고 있다면 저한테 연락해도 괜찮아요. 큰 도움이 되지는 못할 거예요. 저는 그만한 능력이 없거든요. 그래도 당신 이야기를 듣고 싶어요. 기억할 수 있는 하루를 같이 만들어봐요. 전처럼 같이 쌀국수를 먹으러 가도 좋고, 카페에서 달콤한 디저트도 시켜요. 당신들 덕분에 쓴 책이니 같이 기념하고 싶어요. 연락할 기운이 없어도 괜찮아요. 저도 그랬거든요. 당신이 동물을 좋아했던 걸 기억하고 있어요. 우리 집에 놀러오면 귀여운 고양이를 만날 수 있어요.

그러고 보니 우리 만남은 제게 기억에 남는 일이었어요. 당신하고 어디에서 만나 뭘 먹고, 무슨 이야기를 하고, 당신이 무슨 이야기에 울고 웃지를 모두 기억해요. 특별한 날이었어요. 무더운 여름에 시작한 인터뷰는 초가을에 끝났어요. 지금은 봄비가 내려요. 이제 곧 우리가 만나던 그 계절이 돌아오겠네요. 그때 다시 만나면 좋겠어요. 그동안 밥 잘 챙겨 먹어요.

그럼, 안녕.

중독 — '고작'과 '이만큼' 사이

"네가 좋아하는 거 한다."

거실에서 텔레비전을 보다가 나도 모르게 잠들었다. 엄마가 잠든 나를 깨웠다. 〈로 앤 오더 성범죄전담반〉이라는 미국 드라마를 케이블 채널에서 연속 방영하고 있었다. 첫째 번 고립의 시간에는 낮에 주로 이 프로그램을 보며 시간을 보냈다. 대학 졸업을 연기하고 집에만 있던 때였다.

손에서 흘러내린 리모컨을 다시 잡았다. 〈로 앤 오더〉가 끝나면 아이피 텔레비전 무료 영화 목록을 훑었다. 주로 개봉한 지 수십 년 된 〈라쇼몽〉이나 〈가타카〉 같은 낯선 영화를 봤다. 온종일 텔레비전만 보며 누워 있는 백수 딸이 안쓰러웠을까? 답답했을까? 나는 아직도 그때 엄마 마음을 잘 모르겠다.

그때 습관이 생겨 둘째 번 고립 때도 중독처럼 영상을 봤다. 딱히 재미는 없었다. 그냥 뭐라도 틀어놓아야 했다. 독립한 집에는 텔레비전이 없었다. 태블릿으로 유튜브를 봤다. 한 가지 주제를 골라서 여러 채널을 돌아다니다가 지겨워지면 다른 주제로 넘어갔다. 영화나 드라마 리뷰 채널 한 달, 사건과 사고 채널 한 달, 강아지나 고양이 채널 한 달. 사람을 안 만나고 텔레비전도 보지 않으니 바깥세상 돌아가는 소식하고 점점 멀어졌다. 유행 드라마, 날씨, 화제 되는 뉴스를 모르고 지냈다. 가끔 현실에 가까워지려고 실시간 텔레비전을 보면 나 없이도 잘 돌아가는 세상이 어색했다.

'아, 이거 예전에 본 거네.'

영화도 한 편을 온전히 보지 않고 리뷰 채널에서 주요 내용만 대충 살피니까 같은 영화를 다룬 다른 리뷰를 여러 개 봤다. 상영 시간이 두 시간에 가까운 영화가 10분짜리 영상으로 대체됐다. 10분짜리 영상은 당연하게도 머릿속에 남아 있지 않았다. 씻을 때도 화장실에 태블릿을 가지고 들어갔다. 뭔가에 집중하지 않으면 무기력한 나를 마주해야 했다.

영상물에 중독된 나처럼 여성 고립 청년들도 뭔가에 중독된 경험을 들려줬다. 오랫동안 여러 번 고립을 반복한 서진은 주로 게임을 하면서 시간을 보냈고, 이정 또한 유튜브를 보거나 게임을 했다.

그때는 저는 진짜 딱 게임을 하거나 잠을 자거나였어요. 두 개. 진짜 이 두 개 외에는 거의 안 했던 것 같아요. 사실 게임을 하는 이유는, 솔직히 게임이 재미있지는 않는데, 뭔가 너무 불안해서. 마음이 뭔가 그런 거에 집중을 하지 않으면, 그러니까 뭔가 내가 집중되는 게 없으면 이제 가만히 있을 수가 없는 거예요. 계속 눈물만 줄줄 나고. 저 원래는 책을 읽는 걸 좋아했는데, 그런 상태에서 책도 안 읽히고, 복잡해지고, 한 줄도 안 읽히고 하니까. 그냥 집중이 되는 게 게임뿐이었던 거죠. ─ 서진

고립돼 있었다고 느낀 그 시기 하루 일과가 어땠어요?

그냥 늦게 일어나고, '오늘은 뭐 좀 해야지, 하다못해 씻어야지' 이런 생각을 하고서도 휴대폰 보고 유튜브 보고 그러고 있다가, 가끔 재미있는 게임 찾으면 하루 종일 게임만 하고, 그러고서 그냥 시간 날리면 밤에 잠이 안 오잖아요. '오늘 또 쓰레기같이 보냈다. 앞으로 나는 어떡하지?' 또 그 생각에 괴로워서 잠 못 자고. ─ 이정

서진은 게임이 그다지 재미가 없어도 뭔가에 집중하지 않으면 너무 괴로웠다. 좋아하는 책도 읽을 수 없었다. 이정은 낮에 게임과 유튜브, 핸드폰으로 시간을 보내다가 밤이면 그렇게 보낸 하루가 후회돼 괴로워했다. 여성 고립 청년들이 뱉는 한 마디 한 마디가 공감됐다. 고립의 시간 동안 나도 영상을 보지 않는

시간이 불안해 견딜 수 없었다. 많은 자료를 읽어야 하는 대학원생이면서도 도무지 책을 손에 잡을 수 없었다. 그래서 내 의식이 가장 적극적으로 반응하는 영상에 몰두했다. 끊임없이 흥미로운 콘텐츠를 찾아 헤맸다.

영상이나 게임에 몰두하는 행위는 고립의 시간과 자기 자신을 흘려보내는 방편이다. 중독이 없다면 고립의 시간을 견딜 수 없으며, 스러져만 가는 자기 자신을 마주해야 한다. 그렇지만 중독은 고립감을 감소하거나 해소하는 데 장기적으로 도움이 되지 않을뿐더러 때로는 위험을 내포한다. 내가 만난 여성 고립 청년 중에는 온라인에서 낯선 사람을 만나면서 시간을 보내는 이가 있었는데, 종종 성적 위험을 경험하기도 했다. 여성 고립 청년이 이성을 상대로 정서적 연결감을 느끼려는 시도는 성적 위험으로 연결되기 쉽다. 고립된 사람은 고립의 시간을 견디려다가 중독으로 곧잘 빠져든다. 사람하고 관계를 맺는 일에 견주면 중독은 더 가깝고 손쉽다.

언제부터 그랬을까, 사람에게 뭔가를 받는 일이 어려워졌다. 부모도 예외가 아니었다. 내가 첫째 번 고립에서 벗어나 직장 생활을 시작할 때 부모님은 그 일자리를 탐탁잖아 했다. 지역에 자리한 작은 시민단체였다. 처음에는 나도 '진짜 일자리'를 찾기 전까지 잠시만 몸담으려 하다가 새로운 세상을 알아가면서 자연스럽게 자리를 잡았다. 이 세상에 내 자리가 있다는 데 감사했다. 계약 기간이 끝난 뒤에도 단체에서 계속 일할 의사를 밝히자 엄마는 무척 화를 냈다.

"고작 그런 데서 일하라고, 이만큼 가르친 게 아니다."

'고작'과 '이만큼' 사이에는 엄마가 한 고생과 속상한 마음이 채워져 있었다. 나도 딱 그만큼 엄마에게 실망했다. 부모와 자녀는 교환 관계라는 사실을 깨달았다. 내가 학업에서 거둔 성취는 부모 덕분에 얻은 결과이니까 나는 부모에게 번듯한 직업으로 보답해야 마땅했을까. 세상과 나를 잇는 첫째 번 관계에서 나는 받은 만큼 돌려줘야 했고, 나는 그 뒤 동등한 교환이 가능하지 않다면 아무것도 기대하지 않는 사람이 됐다.

관계는 곧 교환이다. 그래서 나는 아무것도 줄 필요가 없는, 대답 없는 영상 속 세상에 연결됐다. 부모가 주는 돈으로 생활한 이정도 그런 상황을 당연히 생각하면서 살지는 않았다. 부모에게서 벗어나고 싶은 마음과 부모가 주는 돈을 쓰며 생활하는 현실 사이에서 괴리감을 느꼈다. 그렇지만 매일같이 누워 있는 백수 딸에게 리모컨을 주워주는 사람이 엄마였다. 그래서 마냥 미워하지 못하고 늘상 고마워할 수도 없는 애매한 위치에 가족을 세워뒀다.

가족의 무게

부모님 이야기를 하면 가장 먼저 재희가 떠오른다. 재희를 섭외해준 한 기관에서 우리는 처음 만났다. 회의실에서 나는 재희를 위해 음료를 준비했고, 재희는 나를 위해 빵을 사 왔다. 서로 얼굴도 모른 채 음료와 빵을 준비한 우리는 이야기를 시작한 지 얼마 안 돼 깊이 공감했다. 퇴근하자마자 달려온 탓인지 재희는 업무에 상당히 몰입한 모습이었다. 예전의 나처럼 공공 영역에서 계약직으로 일하는 재희는 자기가 어떤 업무를 하고 있고 어떤 어려움에 부딪치는지, 언제 보람을 느끼는지 이야기할 때 생기가 돌았다.

　업무에 관한 대화를 마치고 가족 이야기를 시작하자 재희는 표정이 어두워졌다.

변하지 않을 것 같은 느낌. 그러니까 뭔가 의욕이 안 생기는 거예요. 밖에서 정말 기분 좋게 화목하게 지내고 와도, 행복하게 지내고 집에 오면 맨날 싸우고 이러는 거예요. 다시 갑자기 우울해지는 거죠. '현실은 난 여기구나, 내 현실은 여기구나.' 맨날 싸우고 있고, 헐뜯고 있고, 한 귀로 흘려들으려고 해도 이렇게 싸우는 게 감정이 감염되는 것처럼 계속 저도 예민해지고 화가 나는 거예요. 잠도 자고 싶은데 늦은 시간까지 맨날 싸우고 그러니까.

재희의 이야기를 들으면서 나는 내가 겪은 첫째 번 고립을 여러 번 떠올렸다. 오래된 다세대 주택, 가족들 싸우는 소리, 밖에서 밝은 척해도 집에 와서는 똑같은 느낌. 희망이 보이지 않는다고 생각했다. 처음으로 경험한 무기력에 어떻게 대처해야 할지 갈피를 잡지 못했다. 그때는 버틴다는 느낌으로 살았다. 가족끼리 별일 아닌 문제로 싸움이 잦았다. 이웃집 소음이 고스란히 들리는 낡은 집에서 엄마는 잠을 잘 자지 못했고, 나와 오빠는 일하는 엄마에게 집안일을 고스란히 떠넘겼다. 엄마가 전업주부일 때, 그러니까 우리가 청소년이고 어린이일 때 몸에 밴 습관을 버리지 못했다. 지금 생각하면 예민해진 엄마가 화를 내는 일은 당연했다. 하루는 설거지거리를 쌓아둔 채 누워 있는데 퇴근한 엄마가 화를 냈다.

"힘들게 일하고 와서, 내가 설거지까지 해야 하겠니?"

나도 같이 화를 내다가 나중에는 둘이 부둥켜안고 울었다.

"나도 뭔가 해야 하는 건 아는데 너무 무기력해. 이건 사는 게 아니야, 그냥 버티는 거야."

아마 엄마가 없었으면 지금 어땠을지 상상이 잘 안 돼요. 아마 더 좀 상황이 최악이지 않았을까. 진작에 나가서 살고 있을 것 같긴 한데, 결국에는 약간 혼자라는 생각을 벗어나지 않더라고요. 엄마가 제 이야기를 들어주지는 않지만 그래도 끝까지 제 편이잖아요. 그것만으로도 좀 위안이 되는데, 그것마저 없으면 이야기할 곳도 없고 지지할 만한 곳도 없고, 그럴 것 같아요.

재희는 가족 중 누구에게도 자기 이야기를 하지 못한다고 했지만, 엄마를 여전히 사랑했다. 끝까지 내 편인 한 사람, 집 안과 집 밖 일 때문에 피곤해질 대로 피곤한 엄마. 엄마가 버티지 못했다면, 우리는 버틸 수 있었을까?

나는 경제적 상황이 좋아진 뒤에 독립했다. 정확히 말하면 정규직 일자리에 진입하고 2년 정도 지나서 보증금을 마련한 때였다. 그제야 엄마에게 품은 미안함을 내려놓을 수 있었고, 나만의 미래를 그려갔다. 그전까지는 가족이라는 무게가 가족 밖의 내 모습을 상상할 수 없게 했다. 인터뷰가 끝나갈 무렵에는 모든 사람에게 어떤 미래를 꿈꾸는지 물었다. 열 명 중 재희만 현재 가족이 지금보다 화목해지기를 바란다고 말했다.

그러면 재희 님이 '앞으로 이렇게 살고 싶다'라고 생각해본 모습이
있어요? 꿈꾸는 어떤 모습들.
그냥 화목한? 저 자신한테도 솔직하고, 주변에도 솔직하게 좀 표
현하면서 주변도 잘 그런 거 잘 받아들이고, 싸우더라도 서로 솔
직하게 털어놓고.
지금 가족 구성원 그대로 좀더 화목했으면?
조금 더 평화로운, 화목까지는 안 하더라도 평화롭게 서로 좀 이
야기도 하면서 소통을 하는, 서로 존중하는 집안. 저도 좀 평범하
게 얘기하고 솔직하게(울음).

더 화목한 가족을 꿈꾼다는 재희가 선뜻 이해되지 않았다.
첫째 번 고립을 겪은 뒤 내게 독립은 삶의 목표이자 과제였다.
가족하고는 거리를 두고 싶었다. 재희에게 나처럼 독립할 생각
은 없는지 물었다.

실은 이런 집구석이지만 그래도 부모님, 가족이 없으면 외롭고 더
고립될 것 같은. 왜냐면 저 스스로 잘 기대지 않는 편이어서 혼자
면 더 심해질 것 같아요, 고립이. 요즘 1인 가구가 많이 늘어나고
있는데, 저도 독립은 하고 싶지만, 하게 되면 좋은 방향은 아닐 것

125

같은.

좋은 방향이 아닐 것 같다는 건 어떤 의미인가요?
- -
진짜 심하면 고독사. 혼자 나가 살면 잠깐 '이 가족에서 좀 벗어났

구나'라는 생각이 들어도, 결국엔 '나 혼자네' 이런 느낌.

내가 가장 주목한 그룹은 부모하고 함께 사는 이들이었다.
결혼한 여성보다 혼자 살거나 원가족하고 함께 사는 비혼 여성
청년은 사회경제적 지위와 가족 배경이 모두 낮다. 그중에서도
부모하고 함께 사는 이들의 사회적 지위는 눈에 띄게 취약하다.[*]
저임금 노동과 시장 배제를 경험하는 이들은 안정된 소득이 없
어서 가족을 벗어난 자기 모습을 상상하기 어렵다. 더군다나 가
부장 전통 때문에 집 안에서도 불평등을 감내할 확률이 높다.[**]
정기적 소득이 있는 시기에 독립을 추진하더라도 나중에 어려
운 일을 겪을 때 가족에게 도움을 요청할 수 없다. 여성 고립 청
년은 부정적 가족 관계와 경제적 문제 탓에 독립을 선택할 가능
성이 높기 때문이다.

혼자 살면 고독사하는 미래까지 그려진다는 재희는 곧 자

[*] 이순미, 〈노동경력과 가족경로 분석을 통해 본 청년기 연장의 젠더 차이〉, 《한국여성학》 33(2), 한
국여성학회, 2017, 181~244쪽.
[**] 유지영, 〈우리나라 여성청년의 다차원적 빈곤에 관한 연구〉, 《디지털융복합연구》 17(10), 한국디
지털정책학회, 2019, 85~91쪽.

기가 생각하는 독립을 이야기했다.

어디서 들은 얘기인데, 사람이 왜 독립적이냐고 물어보면 자기는
의존할 곳이 많아서 독립적이라고 하는 거라고 하더라고요. 의존
할 곳이 없으니까 독립적이지 못한 거래요, 원래. 그 얘기 듣고 공
감이 많이 됐어요. 확실히 의존할 곳이 많으면 뭔가 나 스스로 뭔
가 해보려고 노력할 것 같아요. 아니면 스스로 살려고 다양하게
뭔가 해볼 것 같아요. 근데 의존할 게 없으니까 더 독립적이지 못
한 게 아닐까. 그 이야기 들으면서 조금 공감이 많이 됐어요.
사회적 자원이 많은 사람이 늘 자신감 있잖아요.
독립적이게 된다고 하더라고요. 어디 복지국가 보면 어디 아파도
나라에서 다 지원해주기 때문에 독립적으로 더 살게 된다고. 오히
려 그런 게 부족해지면 더 못하게 된다고. 맞는 것 같아요. 저도 계
속 저는 다른 사람한테 기대는 거, 솔직해지는 거, 이런 게 저는 의
존하는 거라고 생각을 했거든요. 근데 그게 안 좋은 거라고 생각
을 했는데, 오히려 내가 나 스스로 혼자서 해야 독립적인 거라고
생각을 했는데, 그게 아니었던 것 같더라고요.

나는 일터에서 친구를 사귀었다. 친구들이 내 자원이었다.
안정된 일자리는 단순히 고용 보험이나 건강 보험, 월급 이상이
다. 같은 영역에서 일한다는 소속감 속에서 우리는 진심으로 위

하는 친구가 됐다. 나는 처음으로 가족이 아닌 다른 존재에게 의지하기 시작했다. 독립은 그 모든 자원을 전제할 때 가능했다. 이 과정에서 나도 재희처럼 의존과 독립에 관한 생각이 바뀌었다. 독립은 온전히 혼자서 만든 결과물이 아니다. 주변의 지지와 도움이 있어야만 한다. 처음으로 전세 계약을 할 때 청년 주거 운동 단체에서 활동하던 한 친구가 등기부 등본을 살펴줬다. 독립한 뒤에는 여러 친구가 쓰던 가전제품을 하나씩 넘겼다. 독립할 때 큰 지출을 한 상황에서 친구들이 준 중고 물품은 아주 요긴했다. 무엇보다도 이미 오래전 독립해 자기만의 삶을 일군 친구들이 준 물건은 의미가 컸다. 선풍기, 밥솥, 제습기를 쓸 때마다 친구들 얼굴을 떠올렸다.

저희 엄마가 지금 사기? 제가 보기에는 사기가 맞는데, 무슨 코인인가 그거를 투자하신 거예요. 엄마는 계속 그것만 바라보고 지금 일을 그만두신 거거든요. 올해 말인가 내년 초에 (돈이) 나올 거다라고 하는데 그 얘기만 2년째인가 3년째거든요. 계속 무슨 강의만 열고 정작 하는 건 없고. 제가 보기에는 사기인 것 같은데, 엄마는 제 말은 안 들으세요.

그런 거 보고 있으면 어때요?

너무 답답해요. 그리고 이제 부담감이 드는 거죠. 계속 집에 있으면 스트레스예요. 답답하고, 어쨌든 이게 사기니까. 그 돈은 못 돌려받는다고 생각을 해도, 너무 진짜 억울하고 답답하고. 엄마는 또 제 말은 안 믿고 그 사람들 말만 믿고. 저도 그런 부담감이 있거든요. 지금이라도 뭐라도 찾아봐서, 그 사람들 사기 자료 모아 가지고 앞에서 시위라도 해야 돈 몇 푼이라도 조금 돌려받을 수 있지 않을까. 지금 내가 하나라도 더 해야 이게 좀 피해가 적지 않을까. 그런 생각이 계속 드는 거예요. 근데 저는 이미 지금 제 삶으로도 너무 힘들거든요. 지금 일도 해야 되고, 저한테 집중하는 시간을 갖고 싶은데 계속 이거 신경 써야 되고, 가족들은 맨날 집에서 싸우고 그거 신경 쓰고 이러니까 너무 힘든 거예요. 내가 누군지도 지금 모르겠는데 저거 쳐다보고 있다가 내가…….

재희는 가족을 둘러싼 경제적 상황 때문에 미래에 온전히 집중하기 힘들다. 진로와 원하는 삶을 탐구하려면 자기에게 집중하는 시간이 필요하다. 내가 잘하고 좋아하는 일을 찾으려면 다양한 경험을 하고 고민도 해야 한다. 그런데 재희는 가족에 관한 고민으로 머릿속이 가득 차 있다. 가족이 모은 돈을 모두 잃을지도 모른다며 걱정하느라 자기를 돌보고 미래를 상상할 시간도 마음의 여유도 없다.

결과적으로 우리 가족은 그때보다 훨씬 나은 상황이 되었다. 오빠하고 내가 취업을 하고, 엄마도 전보다 안정된 일을 시작했다. 그 뒤로 상황은 빠르게 변했다. 나는 독립을 했고, 오빠는 결혼했다. 엄마는 혼자 지내는 생활을 처음에는 어색해하다가 곧 적응했다. 친구들을 더 자주 만나고 훨씬 밝아졌다. 사실 엄마만 밝아지지는 않았다. 오빠도 나도 가장 어려운 시절이 지나간 듯하다고 느꼈다. 그래서 재희에게 지금 이 시기가 지나면 견딜 만한 때가 온다고 이야기했다. 재희는 재차 물었다. 정말 상황이 달라지면 좋아지냐고, 상황이 달라질 수 있냐고.

재희를 만나고 돌아오는 길에 죄책감이 들었다. 나는 독립을 할 만큼 돈을 모으고 오빠는 결혼할 만큼 돈을 모을 수 있었는데, 모든 사람이 그럴 수는 없기 때문이었다. 대졸, 정규직 일자리, 사람들하고 쉽게 어울리는 사회성, 다른 사람을 돌볼 필요가 없어서 생기는 시간과 마음의 여유, 필요할 때 기꺼이 도움을 주는 친구들. 인터뷰하면 할수록 내가 가진 것들이 크게 보였다. 고립을 매개로 사람들을 만날수록 오히려 죄책감이 들었다.

안과 밖

인터뷰 힘들지 않으세요?

네, 저는 사실 인터뷰 많이 해봤어요.

진짜요? 어떤 거 해보셨어요? 궁금하다. 어떤 인터뷰를 해봤어요?

이게 왜냐면 은둔형 외톨이 청년들이, 활동하는 청년들이 많이 없
어가지고 여러 프로그램에 참여하다 보니까 그냥 되게 많이 (인터
뷰가) 들어오더라고요. 저랑 프로그램을 만들었던 다른 청년이 있
는데, 걔랑 같이 여기저기 많이 나갔어요.

19세부터 28세까지 간헐적 고립을 경험한 서진은 고립보
다 은둔이라는 표현이 더 익숙하다. 서진은 은둔형 외톨이 지원
단체를 만나 은둔 상태를 벗어났다. 그 단체는 경영난 때문에

몇 해 전 문을 닫았다. 나도 아는 곳이었는데, 은둔이나 고립을 경험하는 청년을 지원하는 기관이 없을 때 민간 차원에서 자체적으로 사업을 벌였다. 포럼이나 행사에서 만난 그 단체 활동가들이 모두 태도가 따뜻해서 마음으로 응원하고 있었는데, 서진을 만나 폐업 소식을 들었다.

2019년 광주광역시에서 은둔형 외톨이 지원 조례를 만든 뒤부터 은둔형 외톨이로 대표되는 고립 청년을 지원하는 지자체와 기관이 하나둘 생기기 시작했다(이 글을 쓰고 있는 2023년에는 여러 지자체에서 고립 청년 지원 정책을 기획하고 있다). 서진은 그 단체 덕분에 은둔 상태를 벗어나고 나중에는 단체 활동가가 돼 청년이 경험하는 은둔 문제를 알리는 활동을 했다. 학교나 직장에 속하지 않은 고립 청년은 발굴하기도 어렵고, 발굴하더라도 프로그램이나 활동에 참여하라는 권유를 쉽게 하지 못한다. 새로운 도전은 누구에게나 두렵고 어렵기 마련인데, 고립된 이들은 두려운 정도가 더할 수밖에 없다. 새로운 관계와 활동은 안전한 나만의 세계를 벗어나야만 가능하다. 그 과정을 모두 밟은 흔치 않은 '고립 청년' 서진은 그래서 여러 번 인터뷰를 했다.

고립을 이야기할 때 고립만 이야기하기는 어렵다. 안전망이 제대로 작동하지 않는 사회에서는 많은 사람이 사각지대에 놓인다. 가정 폭력, 성폭력, 학교 폭력, 직장 내 괴롭힘, 빈곤, 부당

해고, 주거 불안 등 여러 사회 문제 중 살면서 하나도 휘말리지 않기는 어려운데, 이런 경험은 고립에 밀접히 연결된다.

그러면 서진 님이 살면서 가장 어려운 일이 있었다면 어떤 것이었을까요.

아무래도 아버지의 가정 폭력인 것 같아요. 제가 일곱 살 때 아버지 사업이 아이엠에프로 망했었거든요. 그때 아버지 사업이 망하면서 아버지가 술 많이 마시고 집에 들어가서 엄청 가정 폭력 휘두르고, 그게 한 스물세 살? 제가 자살 시도를 하기 직전까지 계속 이어졌거든요. 사실상 20년 정도 가정 폭력을 당해온 거니까 그거 자체가 그렇네요.

그때 그러면은 경찰이든지 아니면 주변 사람들한테 도움을 요청해본 적은 없어요?

없어요. 엄두도 안 났고 경찰에는 한 번 연락해본 적이 있어요. 근데 그게 막 되게 소심하게 낮에 그냥 혼자 있다가 '저희 아버지가 사실은 저희를 많이 때리시는데……'라고 하니까 약간 경찰분도 귀찮다는 듯이. 그런데 그런 일들이 되게 많다고 하더라고요. 가정 폭력 피해자한테 경찰이 '그냥 가정사니까' 하면서 그냥 대충대충 넘어가고.

그 당시 전화 받은 경찰은 뭐라고 했어요?

그냥 '아버지한테 좀 잘하세요'(라고 했어요).

그때 무슨 생각 들었어요?

근데 그때는 저도 속으로 사실 아버지를 거역한다라는 거에 대해서 되게 나쁜 일이라고 생각해서. 지금 생각해보면 되게 어이없고 짜증나는데.

그때 이후로 그러면 어디에도 그런 도움을 청해본 적이 없어요?

고등학교 1학년 때 선생님한테는 털어놨던 것 같아요. 그 이외에는……

20년 넘게 아버지가 휘두르는 가정 폭력을 겪은 서진은 청소년기에는 남몰래 도움도 요청하지만 두 번이나 아무 도움을 받지 못하자 도와달라고 말하기를 멈췄다. 서진이 경찰에 전화한 이야기를 들을 때는 속에서 욕지거리가 올라왔다. 어린 서진이 전화기를 잡은 채 떨고 있는 모습이 떠올랐다. 경찰에 전화하면서 나쁜 일을 한다고 생각할 만큼 서진은 폭력에 익숙해져 있었다. 서진이 한 이야기에서 우리 사회가 지닌 한계를 확인할 수 있다. 경찰과 학교는 서진을 돕지 못했다. 처음 자살을 시도한 스물세 살 때까지 폭력을 휘두르는 아버지는 계속 그 자리에 있었다. 자살 시도라는 사건이 아니라면 지금까지 이어지고 있을지도 모른다.

청소년 시절 서진은 심한 우울증을 겪었다. 가정 폭력을 원인으로 지목하지 못했지만, 학교에 가기 힘들어지면서 결국 출석 미달로 자퇴해야 하는 상황이 됐다. 다행히 집에서 수업을 들을 수 있는 고등학교로 진학했지만, 그때부터 은둔 생활이 시작된 셈이었다. 집 밖에 나가지 않아도 수업을 들을 수 있기 때문이었다. 고등학교를 졸업하고 대학에 입학한 서진은 활기찬 생활을 하려고 노력했다. 그동안 이어진 은둔 생활을 스스로 보상하고 싶었다. 그리고 스무 살 서진은 집 밖에서도 집 안에서 겪은 일하고 비슷한 경험을 하게 된다.

혹시 지금까지 서진의 삶에서 애인의 영향은 없나요?

있어요. 제가 스무 살에 처음이자 마지막으로 만난 사람이 하나 있는데, 그 사람과의 기억이 되게 안 좋았어요. 그래서 그 이후로는 딱히 누군가를 사귀고 싶지도 않고.

그 얘기도 잠깐 하고 넘어가면 좋겠어요. 우리가 누군가를 신뢰

하기 어렵다면 그거는 어떤 경험이 있기 때문일 것 같아서. 어쨌든

서진 님은 아버지와의 관계가 굉장히 큰 부분을 차지하겠지만 애

인과의 경험도 있지 않았을까 싶어서요.

사실 그전까지는 제가 그런 똥차를 만났다는 사실이 자존심 상해서 아무 데도 말 안 했는데, 최근에 상담 선생님한테 털어놓으면서 뭔가 제가 진짜 은둔하게 된 어떤 트리거가 있다면 그게 애인과의 관계였거든요. 왜 그러냐면 이게 집에서는 어쨌든 '내가 기댈 데가 없으니까 밖에서 잘해야 해'라고 생각했고, 밖에서 이제 대학

도 처음 1년을 진짜 열심히 했어요. 학점도 전부 에이플 받고, 대외 활동에 조교 알바도 하고. 또 애인까지 사귀어서 '나는 빨리 독립해야지, 아빠처럼은 안 살아야지, 빨리 이 집에서 탈출해야지'라고 생각했는데. 사실 내가 좋아했던 사람이 되게 쓰레기였던 거예요. 결국 아빠 같은 사람을 만났던 것 같아요. 제가 선생님한테 몇 가지 이야기를 해봤을 때 '그게 사실 데이트 폭력의 전조다, 그 사람 찬 거는 정말 잘한 일이다' 이렇게 말씀해주셨는데, 그 당시에 굉장히 크게 상처를 받아서 나는 밖에서도 잘할 수 없는 사람이라는 생각에 그때부터 갑자기 우울증이 엄청 극심해졌었어요. 그전까지는 어떻게든 희망을 가지고 밖에서 활동하던 게 있었는데.

사실 애인이라는 사람이 아빠와 비슷한 모습을 보이면 나는 이제 누구를 믿겠어요.

여성 고립 청년들을 만날 때마다 우리는 자연스럽게 애인 이야기를 했다. 애인에게서 영향을 받아 고립에서 벗어난 사례도 있고 고립 시기에 애인에게 돌봄을 받은 이도 있었다. 그렇지만 서진이 처음 한 연애는 그렇지 않았다. 서진은 애인에게서 폭력적 성향을 느꼈고, 그런 경험은 고립이 본격적으로 시작된 계기였다. 서진은 애인을 만나면서 겪은 일을 굳이 설명하지 않았다. 그렇지만 나는 알 수 있었다.

나도 20대 중반에 만난 남자 친구가 생각났다. 폭력적인 성향을 지닌 사람이었다. 나에게 욕을 하거나 때린 적은 없지만 흥분해서 이성을 잃을 때면 막말을 내뱉었다. '잘못하다가는 맞을 수도 있겠다'는 생각이 들었다. 그런데도 헤어지지 못했다. 화가 풀리면 그 남자는 내게 늘 사과했다. 빌다시피 하는 사과를 거절하지 못해 계속 만났다. 나뿐만 아니라 많은 친구들이 폭력적인 애인을 만난 적이 있다고 들어서 내 애인은 조금 나은 편이라고 생각했다. 그래서 그런지 아무도 내게 당장 헤어지라고 말하지 않았다. 몇 년이 지나 데이트 폭력이라는 단어를 처음 들었다. 또 몇 년이 지나 피해자 인터뷰를 읽은 뒤에야 나와 우리의 경험이 폭력이라는 사실을 인정하게 됐다.

안과 밖에서 폭력을 경험한 서진은 사람을 만나지 않고 집을 벗어나지 않았다. 그런 서진이 집을 벗어나게 된 계기는 우연이었다. 대학에 진학하는 동생하고 함께 서울로 이주하면서 폭력적인 아버지를 벗어났고, 서울에 온 뒤 은둔형 외톨이를 지원하는 단체를 만났다. 그전까지 어디에서도 도움을 받지 못한 서진은 지원 단체 활동가들하고 교류하면서 사람을 향한 신뢰를 쌓아갔다. 서진이 폭력과 고립에서 벗어나는 데 유일한 도움이 된 집 밖의 존재는 지원 단체 활동가들이다. 여성 고립 청년들에게 가족 밖 신뢰 관계는 중요하다. 가족 안에서 이렇다 할 도움을 받지 못하는 이들은 가족 밖에서 의지할 사람을 만나 서로 도움을 주고받으면서 사회적 신뢰를 회복한다. 이 과정에서 폭력에 노출되면 더 깊은 고립에 빠져들지만, 긍정적 경험이 쌓이면 힘을 얻는다. 이런 경험은 우리를 다시 밖으로, 사회로 나가게 한다. 집 안에서 하는 경험뿐 아니라 집 밖에서 하는 경험이 그래서 중요하다.

서진에게 집 밖에 있는 의지할 존재가 돼준 단체가 폐업한 소식을 들은 나는 적잖이 놀랐다. 인터뷰 중이라는 현실을 잊고 계속 되물었다.

"정말요? 왜요? 언제요?"

기관에서 일할 때 고립 청년 사업을 시작하면서 가장 처음 만난 민간 단체가 그곳이었다. 은둔 청년을 지원하는 'K2 인터내셔널 코리아'는 성북동 작은 다세대 주택에 자리 잡고 있었다. 그곳에는 은둔 청년들이 단체 생활을 하는 숙소와 사무실이 있었고, 고양이 한 마리도 함께 살았다. 서진은 케이투 인터내셔널이 폐업하면서 갈 곳 잃은 고양이가 다행히 좋은 사람에게 입양된 사실도 알려줬다. 단체에서 함께 생활한 청년들은 지금 어떻게 지내고 있을지 궁금했지만 나는 더 묻지 않았다.

언저리에서 5년 동안 일하고 보니 행정은 항상 민간보다 늦다. 민간에서 당사자나 활동가가 우리 사회에 뭐가 필요하다고 말하고 많은 이들이 호응하기 시작하면 행정은 그제야 움직인다. 행정이 움직이지 않는 동안 민간 단체들은 빈틈을 메우는 구실을 한다. 행정을 움직이는 원리는 이렇다. 공통된 필요가 근거라는 이름으로 드러나면 예산을 신청할 수 있다. 의회에서 예산이 확보되면, 사업을 운영할 주체를 정하고, 내용을 조율한다. 이 과정에서 연구나 시범 사업을 수행하기도 한다. 그리고 이르면 다음 해에 예산이 배부되고 사업을 실행한다. 처음이라 당연히 부족한 점이 많아 민원이 폭주한다. 이 민원과 사업 평가를 기반으로 다음 해에는 전해보다 안정된 형태로 사업을 운영한다. 무척 어렵고 시행착오도 잦을 수밖에 없는 시스템이다. 그래서 민간 단체들하고 협업을 해야 한다. 민간 단체가 지닌 경험과 노하우, 데이터를 기반으로 시행착오를 줄이면서 사업을 더 구체적으로 설계할 수 있다.

케이투 인터내셔널이 문을 닫은 소식은 안타까웠지만, 그 단체가 남긴 유산이 우리 사회 어딘가에 남아 있다고 믿기로 했다. 서진이 다양한 활동을 하고 있듯이 그곳에서 경험을 쌓은 존재들이 집 밖에서, 그리고 단체를 벗어나서 다른 누군가에게 영향을 주고 있기를 바란다.

아버지라는 우물

20대에는 아빠를 미워했다. 내 불행이 엄마와 아빠 탓이라 생각했다. 엄마가 겪는 고통은 아빠에게서 시작됐다. 그렇다면 모든 문제는 아빠가 근원이었다. 아빠를 만나면 화를 자주 냈다. 가부장적 사고방식이 이해되지 않았다. 왜 남들이 물을 떠줄 때까지 앉아서 기다리는지, 얼굴도 모르는 조상이 묻힌 산소에 왜 자꾸 가자고 하는지 이해할 수 없었다. 일상적인 이야기를 할 때도 아빠는 남들 의견을 들을 줄 모르는 듯했다. 자기 세계에 빠져 사는 아빠하고는 대화가 안 된다고 느낄 때면 나도 곧바로 화를 냈다.

항상 엄마랑 아빠랑 싸우고, 아빠가 보수적이거든요. 무조건 마음

에 안 들거나 거슬린 거 있으면 맨날 호통치고 자기 말이 옳고 맨
날. 저랑 엄마랑 오빠랑 그냥 한 귀로 듣고 흘리는 약간 그런 거죠.
바뀔 것 같지는 않아요. 제가 보기에는 나이도 있으시고, 그렇다
고 얘기를 해도 들을 것 같지는 않고. 계속 얘기를 해도 '딸이 아빠
한테 대드냐, 말대꾸하지 마라, 너는 조용히 하고 방에 들어가 있
어라' 항상 이런 얘기고, '다 내쫓아버린다' 이런 건 기본적인 얘기
고. 정말 별것도 아닌 일인데.

재희는 아버지가 보수적이다. 가족들에게 매일 화를 내고,
재희가 하는 이야기는 철저히 무시한다. '다 내쫓아버린다'고 협
박하면서 가족들이 자기가 하는 말을 따르게 한다. 재희 아버지
에게 생계란 다른 가족들을 억압하는 도구이자 가부장적 권위
를 유지하는 조건이다. 아버지가 내뱉는 폭언을 견디면서 재희
는 자기에게 부여된 구실을 수행한다.

너는 막내니까 심부름도 다 해야 하고, 아빠 밥상도 차려야 되고.
저 한 초등학생 때부터. 아빠가 일찍 오시거든요. 새벽에 일찍 출
근하고 일찍 퇴근하시는데, 한 오후 네 시쯤에 퇴근하시는데,
아빠가 오면 '너 청소 다 해야 하고 저녁밥 차려야 된다. 차릴 때까
지 넌 나가면 안 된다' 해서 여섯 시까지, 아빠 밥 차릴 때까지 못
나갔어요. 오빠는 상관 안 했어요. 저한테만. '왜 오빠한테는 안 그

래?라고 하니까 '오빠는 오빠잖아, 네가 막내잖아' 약간 이런 식이죠. '네가 여자잖아, 막내잖아.' 솔직히 '여자잖아, 남자잖아'라기보다는 그냥 '네가 막내잖아, 막내니까 네가 다 해야 한다'는.

재희는 초등학생 때부터 아버지 식사를 챙겼다. 비슷한 또래인 오빠에게는 아무도 그런 요구를 하지 않았다. 재희는 자기가 '여성'이기 때문이 아니라 '막내'라서 가사 노동을 강요받는다고 생각했다. 만약 첫째가 딸이면 '아버지 밥상 차리기'라는 과제를 재희에게만 요구했을까? 첫째가 딸이고 둘째가 아들이면 '막내'인 아들이 밥상을 차렸을까?

하민은 가족에게는 돈 이야기를 하기 어렵다고 털어났다. 가족들은 하민이 돈 이야기를 꺼내는 일 자체를 싫어한다. 금전적 지원을 요청할 때면 '왜 그런 식으로밖에 못 살아?'라는 비난을 감수해야 했다. 그래서 하민은 도와달라는 이야기를 멈췄다. 자기 자신의 존엄성을 해치는 일이기 때문이었다. 그 뒤 가족들은 하민이 경제적으로 어렵다는 사실을 알면서도 도와주지 않았다. 그렇다고 하민이 가족 안에서 걱정거리나 천덕꾸러기 취급만 받은 사람은 아니었다. 가족들은 어려운 일이 생길 때면 하민에게 의존했다.

지금은 엄마 아빠가 사이가 좋은데, 이전에 사이가 나빴을 때는 저를 가운데 두고 서로 감정을 쏟아냈었거든요. 그 감정 쓰레기통처럼, 그런 게 제일 많았던 것 같아요. …… 저는 공황 장애가 있는데, 그거 있다고 말했을 때도 아빠가 동생한테 제가 계속 전화를 안 받으니까, 그 기간 동안 제가 가족들 전화도 안 받고 그냥 사람들이랑 안 만나고 그랬었으니까 계속 누워만 있었는데, 그러니까 너무 심각하니까, 병원에 입원할까 이렇게 생각도 했었단 말이에요. 근데 아빠는 그걸 또 장난식으로 동생한테 '네 누나 또 관심병 도졌으니까 네가 한번 봐라' 이렇게 얘기를 하니까 거기서 더 어택이 와서.

가족 안에서 감정 노동자 구실을 해온 하민이지만, 정작 다른 가족 구성원들은 하민이 겪는 아픔을 심각하거나 중요한 일로 여기지 않았다. 내가 겪는 아픔을 누군가 관심병이라고 부른다면 나도 절망하게 될 듯했다. 설령 정말 '관심병'이라 해도, 그 관심, 주면 안 되는 건가? 뭐가 그렇게 아까울까.

대학을 졸업한 뒤 고립의 시간을 보낸 성현은 아버지하고 따로 살면서 폭력에서는 벗어났다. 그런데도 아버지가 입에 달고 사는 '하지 말라'는 말은 성현을 지독히 쫓아다닌다.

저는 지금 제일 아빠를 원망하자면, 이제 뭐 가정 폭력도 폭력이고 언니가 저렇게 된 게 다 아빠 탓이라는 생각도 있고 '아빠 때문에 이제 우리 가족이 이렇게 됐다' 이런 원망도 있는데, 제 개인적으로는 아빠가 옛날부터 되게……. 지금까지도, 오늘까지도 지금 항상 하는 말이 뭔가를 하지 말라는 말밖에 안 해요. 이런 건 위험하고 저거는 절대 해서는 안 되고. 하루에도 한 세 개, 네 개씩은 꼭 카톡을 보내요. 뉴스를 보면 이제 카톡을 보내고, '너는 이런 놀이기구 항상 추락 사고 있고, 이런 위험한 거 절대 하면 안 되고' 뭐, 어쨌거나 항상 그런 식으로 해서. 제 성격 자체가 뭔가 도전을 하는 게 너무 두려운 성격이 되었어요. 이것도 최근에 깨닫게 된 건데. 제가 뭔가 주변에 이렇게 손을 뻗치는 것도 아빠한테는 그냥 '네네'만 했던 사람이라서 사람들에게 대화하는 것 자체도 너무 어려웠고, 도움을 청할 수 있다는 그 사실 자체도 그냥 생각을 못 하고 살았었고. 그러다 보니까 이제 그냥 도전 자체가 너무 힘든 사람이 되어가지고 그게 제일 원망스럽고. 솔직히 사람이 살면서 실패하는 건 당연한 건데, 이런 거 위험해서 안 되고, 안전하게만 해야 하고, 너는 밤늦게 다니지 말라는 건 기본이고. 그런 식으로 삶이 계속 그냥 평생을 그렇게 살아와서 그게 좀 원망스러운 것 같아요. 뭔가 도전을 하기가 너무 힘들고, 모든 두려워하는 두려움이 그냥 앞서는 거 시도를 한다는 것 자체가 너무 두려워요. 만약에 그게 없었더라면, 좀 이것도 해보고 저것도 해보고 '좀 안 됐네, 자 다시 해보지 뭐' 이런 식으로 할 수 있었지 않을까 하는…….

아버지는 위험과 안전을 근거로 삼아 성현이 하는 행동을 제한한다. 아버지의 딸은 놀이 기구를 타면 안 되고 밤늦게 외출하면 안 된다. 위험하니까. 그렇지만 정작 딸을 괴롭힌 원인이 놀이 기구나 늦은 밤 외출이 아니라 자기 자신이라는 사실을 아버지는 알고 있을까. 실패와 안전을 두려워하는 마음은 성현을 소극적 성향으로 이끌었다. 성현은 고립의 시간을 끝내고 인턴으로 일하는 중이었다. 아버지라는 우물을 벗어나려고 성현이 스스로 길어 올린 용기가 얼마나 깊은지 가늠하기 어려웠다.

우리 아버지들이 지닌 공통점은 보수성이다. 아버지는 가족 안에서 필요한 감정 노동과 가사 노동을 딸에게 요구한다. 대부분 '집 안'에서 벌어지는 일들이다. 집 밖에서 벌어지는 일은 대개 위험으로 여기고 딸을 집 안에 머물게 한다. 그렇지만 정작 딸이 겪는 고통은 하찮게 취급한다. 눈에 보이는 사건이 되지 않는 한 딸이 겪는 고통은 제대로 전달되지 않는다. 그렇게 우리는 집 안에 머무르면서도 집 안에서 중요하지 않은 사람이 된다.

어린 시절 나는 아빠를 아주 사랑했다. 중학생 때는 둘이 함께 동네를 산책하며 지나가는 강아지를 구경했다. 아빠는 강아지들에게 인기가 좋아서 아빠를 쫓아오는 강아지가 자주 있었다. 우리는 그럴 때마다 함께 웃었다. 오히려 그런 기억 때문에 아빠를 미워했다. 문제를 회피하거나 자기 이야기로 가려버리기 일쑤인 아빠는 어린 시절에 사랑한 아버지에게 딸이 거는 기대를 채우지 못했다. 아빠는 내가 사회적으로 성공하기를 바랐다. 초등학생 때는 중국어 문제집을 자주 사줬는데, 그때마다 앞으로 중국이 성장할 테니 중국어를 미리 공부하라고 말했다. 아빠는 적어도 나를 집 안에 가두려는 사람은 아니었다. 아빠도 사람이라는 사실, 그리고 아빠를 사랑하는 내 마음을 인정하느라 오랜 시간이 걸렸는데, 만약 딸이 집 안에 머물기를 바라는 아빠라면 틀림없이 더 오랜 시간이 걸렸다.

여전히 아빠는 보수적인 사람이고, 그래서 우리는 계속 부딪친다. 아빠는 여전히 식탁에 앉은 채로 엄마나 내가 떠온 물을 받아 마시고 명절이면 산소에 가야 한다고 말한다. 아빠가 하는 말과 행동을 비난하면 내 말과 행동은 지나친 '투정'이 되고, 다시 아빠 자신의 이야기로 되돌아간다. 아빠를 온전히 사랑하고 아빠에게 내 고통과 행복을 나눌 수 있으려면 더 오랜 시간이 걸릴 듯하다.

모두 다른 고립

가장 부러운 사람은 이정이었다. 여성 고립 청년 중 혼자만 가정 형편이 넉넉했다.

고립됐다고 생각한 그 시기에 생활비는 아버지, 돈으로 때우는 아버지한테 (받았나요?), 부족하지는 않았어요?

저는 약간 저는 어마어마하게 받아먹었다고 생각해요.

여유로운 정도로?

20대 초반엔 아빠가 카드를 줬거든요. 여유로운 정도가 아니라 물 쓰듯 썼어요. 그래서 부모님에 대해서 감정이 안 좋아요. 그게 100퍼센트 안 좋게 되는 게 아니라, 안 좋은 감정이랑 좋은 거는 양가감정 때문에 더 괴롭잖아요.

이 사람 돈을 쓰고 있으니까, 내가.

돈을 물 쓰듯 쓴 적 있다는 말을 육성으로 처음 들었다. 고
립 시기에 돈 걱정 때문에 밖에 나가지 못한 날이 떠올라 신기
하기도 했다. 여성 고립 청년은 대부분 돈 없는 어려움을 겪어서
'없는 돈'은 전제라고 생각했다. 이정은 달랐다. 가족이 경제적으
로 여유롭지만 이정은 고립감을 느꼈다. 정신 질환 때문이었다.

2014년 여름이 제가 고등학교 3학년이었어요. 고등학교 3학년
때 병원에 다니게 됐는데, 여름에 원래 어렸을 때부터 스스로 이상
하다 싶은 그런 지점이 좀 있었거든요. 그게 어렸을 때부터 기억도
안 날 때부터 있었는데, 원래는 그것 때문에 힘들 때가 있다가, 좀
지나면은 전혀 아무런 지장 없이 잘 지내다가 그게 반복이었는데,
그때쯤에는 더는 일상생활을 지속하기가 너무 힘들어졌다는 거
죠. 찾아봤는데 어떤 강박 사고라 그랬나? 그런 거였어요. 본인이
원하지 않는 말이나 생각이 계속 떠오르게 되는. 어렸을 때는 그
게 뭔지도 모르고 그냥 괴로워하다가 갑자기 '나 정신병 아니야?'
생각이 딱 들더라고요. 왜 그 가능성을 생각을 못 했지? 찾아보니
까 '진짜 비슷한 증상이 있네' 하고 병원에 다니게 되고. 그러다 일
상생활이 너무 힘들다 싶을 정도로 번진 게, 어쨌든 심리적으로 되
게 안 좋은 상태니까. 그때 약간 우울증이랑 같이 왔었어요. 사실

맨 처음에 그렇게 병원에 다니게 되고 그런 게 시작이 되면서.

3년이면 제가 봤을 때는 사실 되게 긴 시간인데, 그때 그냥 마음만
힘든 게 아니라 내가 고립됐다고 느꼈어요?

병원에 다니고 약을 먹고 사실 약을 먹는데, 그때 자는 약을 같이
줬거든요. 수면 유도제. 근데 그게 처음에 먹을 때 약이 되게 적응
되니까 정신을 못 차리잖아요. 그거 먹고 자면서 맨날 수업도 안
듣고 자고 그랬었는데, 그렇게 컨트롤도 하나도 안 되고. 그때 처
음에 딱 '이런 건 처음이다' 이런 생각을 했던 게, 살면서 분명히 힘
든 일을 겪고 막 심하게 좌절할 때도 있고 그런데 그거랑 너무 다
르더라고요. 한 번도 내가 이게 힘든 감정이나 상황을 컨트롤할
수 없다고 생각한 적이 없었는데, 너무 막 이만한 게 이렇게 떨어
져 있는 느낌. '내가 어떻게 할 수 없다' 그러면서 처음 시작하는 거
니까 어떻게 조금 대처해야 하는지도 모르고 하면서 너무 어렵럽
잖아요. 근데 학교가 기숙사 생활도 하고 학생 수도 너무 적고 이
러니까 계속 사람이랑 소통하고 부대끼고 계속 함께하는 그런 환
경인데, 그때 학교 생활하면서 '내가 여기에 있으면서 그 누구와도
함께할 수가 없다, 그렇게 하고 있지 못하다' 그런 생각을 하고, 그
때 되게 고립됐다고……. 내가 주변에 사람이 없어서가 아니라 아
무와도 함께할 수가 없는 상태다 그래서, 그렇게 느꼈던 것 같아
요. 그리고 그때 친구들도 '이정이가 요즘 왜 저러지?' 이런 얘기들
을 했다고 들었고.

친구들은 그런 상황을 알지는 못했어요?

그때 병원을 다니는 걸 얘기를 했으면……얘기는 했었던 것 같아요. 근데 뭔가 자세히 얘기하지 않았던 것 같아요. 자연스럽게 멀어지게 되면서 대충 그 정도만 알고 있고. 학교 가니까 엄청 활발하게 얘기를 하는 스타일이었는데, 어느 순간부터 전혀 얘기를 안하니까 친구들이 그걸 조금 이상하다 이렇게 느꼈던 것 같아요.

이정은 질병과 약이 끼친 영향 때문에 고등학생 때부터 정서적 고립을 경험했다. 그리고 졸업 뒤에는 외출하지 않는 물리적 고립도 시작됐다. 가족 형편은 여유로웠지만, 가족들에게 정서적으로 기대지는 않았다. 고립 시기에도 마찬가지였다. 이정이 부모님 돈을 쓸 때 든 양가감정은 여기에 원인이 있다.

가족들이랑 같이 지내는 시기에도 고립됐다고 생각했던 거잖아요. 가족들은 왜 도움이 되지 못했을까요?

저는 살면서 한 번도 가족들한테 정서적으로 의지한 적이 없어요.

왜 그랬던 것 같아요?

너무 어렸을 때부터 그래서 정확히 뭐다 이걸 파악하기 좀 힘든데, 그냥 어렸을 때부터 느꼈던 것 같아요. 전혀 나에게 도움을 줄 수 없는 사람들이라고 생각했던 것 같아요. 너무 어렸을 때부터.

가족 구성은 어떻게 돼요?

아빠, 엄마, 그리고 남동생.

다른 가족들은 서로 어떻다고 생각하는 것 같아요? 약간 안전망이라고 생각할까요?

다른 가족들? 저희 가족 세 명은 그냥 잘 지내는 것 같아요. 잘 지내는 것 같아요. 엄마도 약간 우리 가족이 항상 화목하고 사이가 좋은 가족이라고 생각하는데, 동생도 엄마 아빠랑 별문제 없고.

이정 님은 어땠어요?

저요? 전 항상 불행했어요. 더 힘들다고 해야 하나? 항상 그랬던 것 같아요. 그냥 뭔가 더 힘들고 내가 더 감당해야 하고 그런 존재였지, 편안할 수 있고 이런 건 아니었던 것 같아요. …… 그냥 상태가 아무리 안 좋아도 혼자 할 때 항상 더 좋았던 것 같아요.

가족들이 뭐라고 해요. 아니면?

그냥 뭐 한창 심각할 때 뭐라고 하는 것도 있었죠. 대화도 안 통하고, 뭔가 내 상태를 설명해도. 사실 한 번 가출을 한 적이 있었는데, 스물한 살 때 가출한 적이 있었는데, 그때 일도 제대로 못 하는 상황이고 모아둔 돈도 없고, 그때 20만 원인가 들고 그냥 나왔거든요. 그때 편의점에 가서 컵라면을 사서 먹으려고 해도 20원, 30원 때문에 고민을 해야 했던 거예요. 너무 먹고 싶은데. 그랬는데 사실 그때가 더 행복했어요.

그러면 어떻게 보면 가족들 때문에 더 힘들었구나.

네. 경제적인 부분에서는 정반대지만 정서적으로는.

가족하고 함께 살면서도 고립을 느낀 몇몇 여성 고립 청년처럼 이정도 가족 안에서 편안하지 못했다. 대개 여성 고립 청년이 있는 가정은 다른 가족들끼리도 사이가 좋지 않은 반면 이정네 가족은 이정만 빼면 사이가 좋은 편이었다. 그래서 이정은 컵라면 살 돈이 없어 고민하던 가출 기간이 가족하고 있을 때보다 더 행복했다.

나는 이정이 가족에게서 느낀 기분을 친구들하고 함께할 때 종종 경험했다. 어느 순간부터 어린 시절 친구들이 불편해졌는데, 돌이켜보면 모두 가족 관계가 좋았다. 친구들에게는 가족이 매우 중요해서 다른 가족에게 닥친 문제를 같이 고민하고, 돕고, 심지어 직접 개입했다. 나는 그런 모습을 이해할 수 없었다. '내 가족이 저렇게 하면 나는 불편할 텐데'라고 생각했다. 가족하고 거리를 둬야 한다는 생각은 나만 하는 듯했다. 그런 친구들하고는 가족 관계뿐 아니라 모든 의견이 달랐다. 진로와 경제 관념, 정치적 의견도 다른 우리는 서서히 연락하는 회수가 줄었다. 나도 친구들 사이에서 '불순분자'가 되니니 의견 맞는 사람들을 만나고 싶었다. 화목한 공동체에서 불순분자가 된 경험을 통해 이정이 품은 마음을 어렴풋이 이해할 수 있었다.

가족들이 주는 경제적 지원을 받아 생활하면서 불편한 감정을 느껴온 이정은 이제 가족, 그리고 가족에 연결된 일터를 벗어나 자기만의 진로를 찾고 싶어했다.

(상태가 나아진 데) 어떤 요인이 있었던 것 같아요? 내가 변화하게 된 요인들이 여러 개가 있잖아요.

제 생각에 시기가 잘 맞았던 것 같아요. 마침 어느 정도 상태가 괜찮아지고 건강해지고 있는 상황에 딱 이렇게 좋은 영향을 받을 수 있는 알맞은 환경에 딱 간 거.

알맞은 환경이라는 거는, 일터?

네. 근데 거기가 일단 엄마 회사고, 그런데 거기 다른 직원 분들, 뭐 임원 분들은 어렸을 때부터 저랑 아는 사이고. 직원 분들이랑 또 어느 정도 알고 있었고 하니까 다른 데 처음 가는 데보다 압박감이나 그런 게 엄청 적잖아요. 너무 친절하고. 그러면서 또 엄청나게 어려운 수준의 일이 아니었는데 그런 조그마한 거 내가 해낼 수 있고. 그 시기가 좀 되게 잘 맞았던 것 같아요. 여기 일하면서 그만두고 싶다는 생각을 6월쯤에 했었는데. 그것도 진짜 일을 못 하겠고, 스트레스 받고 이런 게 아니라, '다른 걸 하고 싶어, 더 해낼 수 있는 걸 하고 싶어' 이런 (마음이 들었어요).

앞으로 나아갈 수 있는 걸 해보고 싶다?

그런 거. 원래 처음에 얘기할 때 올해까지 일한다고 얘기됐었거든요. 사실 무리해서 그만두려고 하면 못 그만두는 상황은 아닌데. 근데 사회인으로서 지금 첫걸음을 이렇게 갈 때, '내가 약속을 지키는 것부터 끝내야 하지 않을까, 그게 첫걸음이어야 되지 않을까' 이 생각이 들었어요.

진짜 상태가 많이 좋은가 봐요.

저도 확 느꼈어요. 그 생각이 들어서 '그래 어쨌든 올해까지 끝내야겠다' 이 생각을 했는데, 이거를 인내할 수 있는 상태가 됐다는 것 자체가 엄청 나아졌구나.

내가 이정을 만나 느낀 부러움은 여기에 있다. 고립을 벗어나는 과정에서 가족 배경, 그러니까 개인이 지닌 자원이 작동했다. 그렇다고 오롯이 가족 배경 덕분이라고 할 수는 없다. 질병에 맞서 싸우고 가족 안에서 외로움을 느낀 시간을 지나면서 이정은 홀로 그 과정을 버티고 애쓰며 새로운 도전을 시작했다.

이정처럼 고립을 경험하는 이들 안에도 다양한 배경과 서사가 있었다. 청년이 경험하는 삶의 문제를 이야기할 때 청년이라는 단위는 마치 단일한 존재처럼 보인다. 그렇지만 청년 사이에도 격차가 있다. 격차는 여성과 남성이라는 구분에서 두드러진다. 여성 청년은 남성 청년에 견줘 안정적 노동 시장을 경험하는 집단에 속할 가능성이 21퍼센트 낮다.[*] 또한 가족의 사회경제적 지위가 낮은 청년은 취업 과정에서 손해를 본다.[**] 가족의 사회

[*] 이승윤·백승호, 〈청년세대 내 불안정성은 계층화되는가?〉, 《2021 한국노동패널 학술대회》, 한국노동연구원, 2021, 569~593쪽.
[**] 김영미, 〈계층화된 젊음: 일, 가족형성에서 나타나는 청년기 기회불평등〉, 《사회과학논집》 47(2), 연세대학교 사회과학연구소, 2016, 27~52쪽.

경제적 지위는 일자리에 진입하는 모든 청년에게 작용하는 요소이지만, 안정된 일자리에 진입하는 통로가 좁은 여성 청년은 가족 배경이 미치는 영향을 더 크게 받을 수밖에 없다. 고립 청년이나 은둔형 외톨이라고 부르면 상상되는 획일한 모습이 있지만 현실에서는 모두 다른 모습이다. 누구는 가족하고 함께 살아도 고립되고 누구는 혼자 살아서 고립된다. 누구나 어떤 이유에서건, 또는 특별한 계기 없이 고립될 수 있다. 다만 배경이 많은 이에게 고립을 벗어날 기회가 더 많이 주어질 뿐이다.

장례식

가족 배경은 청년 세대의 삶에 큰 영향을 미친다. 국가나 공적 영역에서 최소한의 생활을 보장하리라는 믿음이 없는 사회에서 가족은 생존을 위해 도구화될 수밖에 없다. 1960년대 이후 개발시대를 거친 한국 사회는 저임금과 복지 부재라는 사회적 조건 아래에서 노동력 재생산 비용을 사적 부문, 곧 가족에 떠넘겼다. 개발 시대가 만들어낸 '가족은 운명 공동체'라는 말에는 '험난한 세상에서 믿을 것은 가족밖에 없다'는 절박함을 포함한다.* 가족의 형태와 의미는 바뀌었지만, 가족은 여전히 개인의 배경과 안전망으로 작용한다. 가족이라는 안전망을 잃게 된 이

---

* 황정미, 〈한국인에게 가족은 무엇인가〉, 《황해문화》 98호, 새얼문화재단, 2018.

들은 '등받이가 사라지'고 '혼자가 된' 기분을 느낀다.

고립 기간을 왜 이렇게 적었냐면, 그때 제가 집을 나갔을 때는 아무리 그래도 가족이 싫어도 있잖아요. 집에 있고, 언제든 나를 생각하고 있잖아요. 그런 (고립됐다는) 생각이 별로 없었거든요. 근데 이모가 돌아가셨어요. 2년 전에 6월에 돌아가셨는데, 그래서 내가 조금 충격을 먹었죠. '내가 너무 심했나' 그러다가, '뭔가 등받이가 사라졌다' 약간 이런 생각이. 아무리 싫어도 가족이 있었는데, 그러다가 6개월 있다가 엄마가 돌아가신 거예요. 저희 엄마가 실종 상태였는데, 왜 실종 상태였냐면, 제가 열일곱 살 때 집을 나갔을 때 엄마가 제가 없다고 (집을) 나갔대요. 집을 나갔다, 들어갔다, 나갔다, 들어갔다를 계속하셨대요. 저는 계속 집에 없으니까 엄마가 계속 나갔대요. 근데 그러다가 실종 신고가 돼 있는 상태에서 엄마를 찾았다고 저한테 연락이 온 거예요. 이모가 없으니까 제가 보호자잖아요. 그래서 연락을 받았는데 찾았다고 하더라고요. 찾아서 만났는데, 엄마가 이모를 찾는 거예요. '언니는?' 이러는데 말을 못하겠어. 그러다가 기침을 너무 많이 하는 거예요. 그래서 코로나인가 싶어서 병원에 갔는데, 건강 상태가 좀 많이 안 좋아진 상태였던 거죠. 만난 지 3년도 안 되어서 돌아가셨어요. 그일을 딱 겪고 너무 충격적이었어요. 그때부터 (밖에) 안 나간 것 같아요. 그리고 장례식도 안 치렀어요. 엄마 장례식은 딱히 부를 사람도 없더라고요. 그래서 '진짜 완전히 혼자가 됐구나' 하더니 그 랬던 것 같아요.

세진이 한 이야기를 듣고 나는 오래전 돌아가신 할머니가 생각났다. 아흔이 넘은 할머니는 요양 병원에 입원하신 적도 있지만 주로 시골집에서 홀로 지내셨다. 혼자 사는 할머니가 걱정돼 아빠와 나, 오빠는 주말에 할머니 댁을 종종 찾았다. 직장 생활을 시작한 뒤에는 잘 가지 않았다. 업무에 치이는 일상 속 주말은 너무 귀해서 할머니에게 쓸 시간이 없었다. 할머니를 마지막으로 본 날은 일요일이었다. 일요일마다 성당에 가는 할머니를 아빠하고 함께 데리러 갔다. 미사가 끝나고 할머니가 나왔다. 할머니는 차량 봉사를 하는 한 아저씨에게 자랑했다. 아들하고 손녀가 데리러 와서 오늘은 안 타고 가도 된다고. 파마머리를 한 덩치 큰 아저씨가 인심 좋게 웃었다.

할머니를 떠나보내는 장례식이 시작됐다. 오랫동안 못 본 친척이나 아는 사람들을 만나 인사를 하는 중간중간 가족대기실에 들어가 울었다. 천주교식 장례는 고인을 기리기 위해 노래와 기도를 반복하는데, 노래가 구슬펐다. 일면식도 없는 교인들이 할머니 장례식에 와서 끊임없이 노래를 부르고 기도를 했다.

'이래서 장례를 치르는구나.'

떠난 이를 생각하면서 마음껏 슬퍼할 시간이 주어진 느낌이었다. 노래와 기도 소리에 숨어서 소리 내어 울었다. 성당에서 온 여러 명이 긴 기도와 노래를 마치고 돌아갔다. 새로운 교인들이 들어왔다. 차량 봉사 아저씨도 보였다. 아저씨는 울고 있었다. 덩치 큰 아저씨는 스타렉스를 몰던 때하고 같은 모습이었다. 까만 점퍼에 꼬불꼬불 머리띠로 파마머리를 고정한 채였다. 아저씨는 우느라 노래도 기도도 제대로 하지 못했다. 얼굴이 빨개질 정도로 울면서 절을 하고 눈물을 닦았다. 어쩌면 파마머리 아저씨는 나보다 할머니를 더 자주 만나고, 더 많이 이야기하고, 더 사랑한 사람일지도 몰랐다.

나에게 장례식의 정의는 그 장면에 멈춰 있다. 미안해하는 가족들이 고인을 마음으로 보내는 시간, 살아생전 가족이 채우지 못한 자리를 함께해준 파마머리 아저씨가 찾아와 양껏 슬퍼할 수 있는 장소. 엄마 장례식에 부를 사람이 없더라는 말에서 세진과 세진 어머니가 맺은 사회적 관계를 상상할 수 있다. 세진 어머니는 장애 때문에 사회생활이 어려웠고, 세진을 돌본 이모는 사이비 종교에 빠져 있었다. 친척들은 이 가족을 방관했고, 어린 시절 집을 떠난 세진에게 성숙한 조언과 실질적인 도움을 줄 사람은 없었다.

그러니까 제가 이모랑 살았는데, 이모네 가족들이랑 이모, 아들, 딸이 이렇게 있고 저희 엄마랑 같이 살았는데, 엄마가 좀 많이 아팠어요. 장애가 있으셨는데, 거의 이모가 엄마처럼 키워주셨는데, 이모가 좀 단점이 하나 있던 게 사이비 종교셨거든요. 그거를 제가 믿고 살았는데, 중학교 때 알았어요. 이게 잘못된 거라는 걸. 제가 중학교 때 알고 이 생각이 들더라고요. 이모 아들들이 저보다 스무 살이 많아요. 그때 제가 중학생이면 이제 오빠들이 20대 중후반이거든요. 근데 그때 '자기 엄마가 잘못하고 있다는 걸 알 텐데 나를 방관했다'고 생각이 들더라고요.

데리고 다닌다는 것도 알면서? 본인들은 안 다니고?

네. 본인들은 성인이 됐고, 이제 엄마가 건드리지 않았어요. 본인들도 어렸을 때 당했어, 나처럼. 근데 본인들 성인이 되고 반항하고 하니까 이제 엄마가 냅두는 거죠. 그래서 제가 그걸 물려받은 거죠. 그게 화가 나서 나갔어요.

(아무것도 없이) 그냥 나갔어요?

그냥 몸만 나갔어요. 그래서 진짜 좀 힘들게 살았죠. 밖에서 나간 게 열일곱 살인데, 이제 고등학교를 그래서 잘렸고.

열일곱 살 때부터 홀로 삶을 꾸린 세진에게 고립 시기에 가장 어려운 점이 무엇이었는지 묻자 아무에게도 자기 상황을 말하지 못한 상황이 가장 힘들었다고 대답했다.

고립됐다고 느낀 시기를 조금 더 자세히 얘기를 해보면, 그때 가장 어려운 게 뭐였던 것 같아요?

고립됐을 때 일단 내 상황을 누구에게 알릴 수 없는 게 좀 그랬던 것 같아요.

얘기할 사람이 없어서? 아니면 내 상황을 얘기하는 게 어려워서?

일단 없기도 했어요. 그냥 제 주변 사람이, 약간 나은 사람이 없다고 생각이 들어서.

나은 사람?

얘기를 하더라도 여유가 되고 그럴 사람이 있어야 되는데, 다 힘든데 이제 얘기하면 뭐 그냥 그냥 그렇잖아요. 그래서 그것도 있고, 일단 친구도 없었어요.

우리 시대에는 돈이 가장 중요하고, 돈이 없다는 사실은 때로 아주 개인적인 일로 치부된다. '같은 조건에서도 아무개는 열심히 살았다'는 흔한 말 속에는 '너는 열심히 안 산 사람이니 지금 겪는 삶이 당연하다'는 뜻이 숨어 있다. 성공 신화에 눈과 귀가 몰리는 현상은 '어떤 조건이 주어진 누구라도 열심히 살면 다 잘된다'는 눈 감은 낙관론을 배경으로 한다. 세진은 돈만 없는 청년이 아니었다. 돈은 부차적인 문제일 수 있다. 세진에게는 사람이 없었다. 어린 세진이 가족을 벗어난 때 선뜻 찾아가 도움과 돌봄을 요청할 친밀한 사람이 없었고, 성인이 된 세진이 고립된 시기에는 자기 이야기를 들어달라 요청할 만큼 여유 있는 마음과 시간을 지닌 사람이 없었다.

> 그러면 그 시기에 '이런 도움이 있었다면 좋았겠다'고 생각해보면
> 뭐가 있을까요? 예를 들면 정보 같은 것일 수도 있고, 아니면 이야
> 기를 들어주는 사람일 수도 있고, 아니면 정말 그냥 돈이 더 있었
> 으면 좋았겠다. 이런 여러 가지가 있을 것 같은데, 그냥 딱 생각나
> 는 거.
>
> 내가 정신 차렸어야 되지 않나 싶었는데.
>
> 진짜 이게 내가 뭔가 정신을 못 차려서 그렇게 된 거라고 생각해
> 요? 그거 알아요? 제가 공부하다 보니까 여성 청년들은 '내 경험'
> 을 '나의 문제'로 생각하는 경향이 많대요.
>
> 그래요?
>
> 슬프죠. 다들 그래도 나름 고민도 많이 하고 살아왔는데 '이 사회
> 가 문제이고 이런 상황이 나한테 없어서 아쉬웠고' 이런 것보다
> '내가 문제구나' 이렇게 생각하는 경우가 많대요. 사실 저도 그렇
> 기도 했고.

세진은 필요한 지원을 묻는 말에 정신을 차리지 못한 자기
를 탓했다. 어느 시점에 어떻게 정신을 차려야 했을까? 집을 나
간 열일곱 살 때? 친구하고 함께 살던 집에서 나온 때? 집 밖에
나가지 않던 1년 중 어느 하루? 모든 일은 당신 잘못이 아니라

고 세진에게 말하고 싶었다.

살면서 그러면 가장 힘들고 어렵다고 느꼈던 일은 뭐가 있어요?

지금도 힘든데요.

그럼 지금 뭐가 힘든지?

지금요, 그냥 지금은, 진로?

조금 더 자세히 얘기를 해주시면 좋겠어요.

너무 배운 게 없어서 그래서 지금도 어떻게 살아야 할지 모르겠어
요. 지금 이것(자활 사업 참여)도 잠깐이잖아요. 지금 여기서 자리
잡은 것도 오래 할 수 있는 일이 아니니까 내가 뭘 하고 싶은지 찾
고는 싶거든요. 근데 그냥 다 그래요. 추천도 받고.

마음에 딱 가는 게 없어요?

내가 잘할 수 있을까 약간 걱정도 되고, 그게 좀 많아서. 그리고 나
이도, 그러니까 남들 입장에서는 '얘가 20대 초반 때에는 얼마나,
아니 뭘 했길래 이제야······' 무시할 것 같은. 그래서 잘 용기가 안
나는 그런 거에 대해서.

지금도 일을 하고 있지만 계속 진로 고민을 하고 있구나.

네, 맞아요.

그럼 예전에 일할 때 같이 일에 대한 얘기를 나눈 사람은 있어요?

그 센터 분들이랑 얘기는 하죠. 팀장님들이랑.

그런 게 도움이 되지는 않아요?

열심히 도움 되는……

억지로 도움 된다고 이야기 안 해도 괜찮아요.

노력하시는데 잘 모르겠어요.

딱 와닿는 게 없는 거군요. 친구들이나 아니면 애인이랑은 그런 얘기는 해요? 진로에 대한 거.

아니요.

진로 고민을 나눌 사람이 없네요.

네, 맞아요.

주변에 사람이 없을 때 가장 어려운 문제는 진로다. 나는 그렇게 생각한다. 진로 고민을 넓히고 직업을 찾을 준비를 하려면 주변에 안정된 직업을 가진 사람이 있어야 한다. 나하고 배경이 비슷한 주변 사람을 보면서 '나도 저 일을 할 수 있을까?' 상상하고 '그거 하려면 뭐부터 준비해야 해?'라고 물을 사람이 있어야 한다. 안정된 소득을 보장할 일자리를 본격적으로 찾아 나서는 청년기라서 더욱 그렇다. 가끔 어떤 사람의 성공 신화를 접하면 텔레비전을 보다가, 책을 읽다가, 지나가는 누군가를 보다가 벼락 맞은 듯 꿈을 꾸기도 하지만, 대부분의 평범한 사람은 주변을 돌아보면서 꿈을 꾸고 직업을 찾는다. '의사 집안'이니 '약사 마을' 같은 말이 괜히 나오지 않는다는 말이다.

소속된다는 것

유학을 가고 싶었다. 어린 시절 영어를 좋아했고, 곧잘 한다고 생각했다. 중학생 때는 친구가 사는 뉴질랜드에서 한 달 정도 살다 왔다. 그동안 부모님은 나를 뉴질랜드에 유학 보낼까 고민했는데, 가족이 떨어져 지내면 안 좋다면서 돌아오게 했다. 그 뒤에는 온 가족이 미국에 이민 갈 생각을 했다. 가족 이민은 1년 정도 확정된 사실로 여겨졌지만, 무슨 이유 때문인지 무산됐다. 이런 경험이 쌓이면서 외국 생활은 내게 가까운 미래로 여겨졌다. 대학생이 되면 당연히 1년이나 2년 정도 휴학한 뒤 미국쯤 되는 어느 나라로 유학을 가야 한다고 생각했다. 그런데 고등학생 때 아버지 사업이 기울면서 집안 형편이 빠르게 나빠졌다. 그나마 엄마가 조금씩 하던 주식 덕분에 생계를 이어갔지만, 대학생이 되자 주가가 하락하면서 더 어려운 상황이 됐다. 2008년 서브프라임 모기지 사태 때문이었다.

점점 기우는 집안 형편을 보면서 나는 유학에서 교환 학생으로 마음을 돌렸다. 학교에서 핀란드 어느 대학으로 교환 학생을 보내주는 프로그램이 있어서 준비를 시작했다. 첫 관문은 토플이었다. 영어를 좋아하지만 입시 위주 공부만 한 내게 토플 시험은 아주 어려웠다. 고민 끝에 토플의 성지 '강남 해커스 토플 학원'에 등록하기로 마음먹었다. 학원비가 40만 원 정도였다. 아르바이트로 용돈을 마련하던 나는 학원비를 감당할 수 없었다. 그래서 학구열로 따지면 어지간해서 지지 않는 엄마에게 도움을 요청해 학원비를 받았다. 방학 한 달 동안 어떻게든 토플 점수를 만들어야 했다. 마음은 초조한데 성적은 오르지 않았다. 낮에는 학원에서 시간을 보내고, 수업이 끝나면 스터디를 하고, 밤에 집에 와 공부하는데도 점수가 오르지 않았다. 모의고사 결과는 경악할 수준이었다. 점수가 너무 창피해서 같은 스터디 팀원들에게는 시험을 보지 않은 척했다. 한 달이 지나고 학원은 다시 등록하지 않았다. 40만 원이나 하는 학원을 한 달 더 다니겠다는 말이 차마 입 밖으로 나오지 않았다. 그렇게 교환 학생이라는 꿈도 기울었다.

사람들은 종종 20대를 청춘이라 부르며 칭송한다. 자기가 지나온 20대를 돌아보며 추억하고, 그때의 생기와 활기를 그리워한다. 나는 결코 20대로 돌아가고 싶지 않다. 학교에 가면 다양한 사람들이 있었다. 부모님이 사준 외제 차를 타고 다니며 자주 밥을 사는 선배, 공부는 안 하지만 매일 학교에 와서 술 마시는 친구, 공부를 잘해서 늘 장학금을 받는 친구. 모두 아르바이트를 하지 않았다. 자주 장학금을 받는 친구가 어느 날 아르바이트 구하느라 늘 전전긍긍하는 내게 물었다.

"아르바이트할 시간에 공부해서 차라리 장학금을 받는 게 어때?"

순간 설득력 있다고 생각했다. 그렇지만 공부가 재미없기도 하지만 당장 다음 달 생활비가 궁한 나는 불확실한 장학금에 매달릴 수 없었다. 그 친구는 내 삶을 알지 못했다. 다음 달 생활비를 걱정하는 삶, 어떤 아르바이트가 가장 덜 힘들어서 학교 생활하고 병행할 수 있는지 고민하는 순간, 시험 기간에 아르바이트 시간을 바꿔줄 수 있는지 묻는 마음을 몰랐다. 그런 친구가 부러웠다. 나는 가난이 무엇인지 처음으로 깨달았고, 다른 이하고 나를 비교하면서 박탈감을 느꼈다. 그 마음을 애써 외면하려 했지만, 쉽지 않았다. 재희도 그랬다.

진짜 속마음, 깊은 얘기를 잘 못해요. 친구들은 '재희는 뭐 항상 얘기를 안 한다' 이런 얘기를 저한테 했어요. '힘들어하는 게 보이는데 그걸 자기한테 (얘기를) 안 한다'고, 일부러 내색 안 하려고 하고, 저도 근데 그거를 알고 있긴 해요. 얘기를 해보려고도 했고, 분위기를 잡아보려고도 했고, 한번 (시도)해본 적도 있었는데, 학생 때는 제대로 공감을 못 해주더라고요. 왜냐하면 상황이 너무 달랐거든요.

혹시 그때 어떤 얘기 했는지 얘기해줄 수 있어요?

일단은 큰 거는 강아지를 키웠거든요. 근데 강아지가 많이 아팠어요. 그걸로 정말 힘들었거든요. 주변에 강아지를 키우는 친구가 별로 없었거든요. 심지어 있었다고 해도 좀 건강한 애들. (강아지가) 아파서 병원 다니고, 아이가 당뇨라서 주사를 하루에 두 번씩 놓아야 해요. 밥을 먹고 혈당이 오르니까. (당뇨) 유형이 1유형, 2유형으로 나뉘어서, 주사가 아니라 그냥 밥을 먹고 관리만 해줘도 되는 경우가 있고 주사를 맞아야 하는 경우가 있잖아요. 대부분 강아지는 2유형이어서 인슐린 분비가 안 된대요. 그래서 무조건 주사로 해줘야 하는데, 그러다 보니까 어딘가를 못 가는 거죠. 항상 집에 묶여 있어야 하고. 어떻게 보면 그것도 고립에 한 가지 이유가 될 것 같긴 해요. 그때 한창 대학교 다녔을 때인데 야작(야간작업)도 해야 하고, 프로젝트팀으로 같이 하는 거여서 항상 그게 미안했어요, 팀원들한테.

다른 학생들은 막 밤새고 이런 게 일상이었는데 재희는 그걸 같이 할 수가 없어서?

항상 집에 가서 했어요. 집에 먼저 가겠다고, 개인 사정 때문에 야작 못하고. 보통 야작을 너무 많이 하니까 학교 근처에서 자취하는 친구들 되게 많았거든요. 근데 자취도 저는 못하는 상황이었고, 늦게까지 같이 야작을 못하는 상황이었고, 항상 저는 집에서 작업을 하고. 강아지 얘기를 했을 때 다른 친구들이 공감을 해주지 않았어요. 처음에는 다들 '그렇구나, 힘들었겠구나' 이런 식으로 얘기를 했죠. 친한 친구들 같은 경우에는 약속을 잡잖아요. '우리 만나자. 주말에 만나자. 평일에 이 시간에 어때?'라고 하면 저는 항상 그 시간이 주사 시간이 있는 거예요. 오전에 만나자고 해도 아침을 먹고 주사를 놔줘야 하고, 시간대가 그때부터 약간 달라지긴 했거든요. 처음에는 친구들은 이해를 해주긴 했었는데, 제가 항상 '나 주사 때문에 일찍 가야 된다', 아니면 '못 나온다', '몇 시간 뒤에 만나야 된다', 이렇게 얘기를 하니까 친구들도 불편해하는 게 보이더라고요. 그래서 저한테 연락을 안 하더라고요. 왜 연락 안 했냐고 물어보면 '너 항상 못 나오잖아', '나한테 시간 안 된다고 하잖아. 그래서 우리는 그것 때문에 좀 서운했다'고 실제로 그렇게 얘기를 들었고, 저도 미안한 마음은 있긴 했어요. 근데 어쩔 수 없죠.

대학 시절 재희는 아픈 강아지를 돌봐야 했다. 집안 형편 때문에 아르바이트도 했다. 집에는 돌봄이 필요한 존재가 있었고, 돈을 벌어야 하는 재희는 학교 생활에 전념하기 어려웠다. 야간

작업이 일상인 학과였지만, 친구들하고 함께 작업을 할 수 없어서 매번 양해를 구하고 집으로 갔다. 함께 어울려 지지고 볶으며 결과물을 만들어가는 친구들을 뒤로하고 혼자 집으로 가는 재희의 뒷모습이 눈에 어렸다.

고립 시기를 작성해달라고 했을 때 2018년 2월이라고 썼는데, 이때부터라고 생각한 이유가 있어요?

그때가 딱 대학교 졸업하고 나서였거든요.

대학교 졸업하고 나서 고립됐다고 느낀 이유가 있어요?

그래도 대학교 다닐 때는 학교에 다니고, 그리고 학비를 벌려고 아르바이트를 했거든요. 바깥 활동을 할 수밖에 없는 상황이니까, 물론 강아지도 케어를 하기도 했었지만, 바깥 활동을 하다 보니까 그게 조금 덜하긴 했거든요. 솔직히 그때는 고립됐다는 느낌도 없었고, 그냥 강아지가 아프니까 돌보자라는 생각이었고, 힘들긴 했지만 정말 우울하고 너무 괴롭고 막 이 정도까지는 아니었거든요. 그냥 '강아지가 너무 많이 아프네. 나도 고생이고 얘도 고생이네' 약간 이런 느낌이었는데, 졸업하고 나서는 바깥에 나갈 일이 없다 보니까 그게 더 심해졌던 것 같아요. 경제 활동을 그때 못했었거든요. 집에 계속 있다 보니까 감정도 되게 많이 우울해졌고 강아지는 계속 아픈데……또 잔병치레가 좀 많았어요. 강아지가 되게 조그마한 아이여서, 요크였거든요. 잔병치레가 많고 몸이 좀 약한 아이여서, 그래서 병원을 되게 많이 다녔거든요. 누구를 만날 그런 경제적인 여유가 있어야 친구들을 만나고 맛있는 거 먹고 놀러 다니는데, 너무 그게 힘든 거예요. 돈도 애 병원비 계속 많이 나가고 집에서 케어해줄 사람 없으니까 내가 계속 집에 있어야 되고, 그러다 보니까 어쩔 수 없이 그냥 집에 계속 있게 되더라고요.

그래도 학교에 다니는 동안에는 우리는 고립되지 않았다. 수업을 들으러 외출을 해야 하고, 사람을 만나 이야기를 나눠야 하고, 공부해야 한다. 학교에 다니면 돈 나갈 일도 많으니 아르바이트도 필수다. 바쁘게 지내면서 고립감을 느낄 틈이 없었다. 학기를 모두 마치고 취업에 실패해 졸업을 연기한 직후에는 열심히 살아보려 했다. 여러 스터디에 참여하면서 일상을 만들고 주말에는 여전히 아르바이트를 했다. 학교 다닐 때하고 다르지 않게 살아가려 했다. 그렇지만 오래가지 못했다. 소속된 곳이 없다는 사실과 취업 시장에서 나라는 존재는 손톱 밑 때보다 작다는 현실을 알아갈수록 움직일 기운이 없어졌다. 재희도 학교를 졸업한 뒤 서서히 고립되기 시작했다. 더군다나 돌봐야 할 아픈 강아지가 있었다. 강아지 병원비도 만만치 않아 돈 쓰기가 부담스러워 친구를 만나는 횟수가 줄었다. 친구들도 학교 다닐 때부터 강아지 돌보느라 바쁜 재희를 안 부르기 시작했다.

학창 시절 친구들을 한동안 미워했다. 나하고 다른 환경에서 사는 친구들에게 질투가 났다. 지금은 그 친구들 잘못이 아니라는 사실을 안다. 친구들의 삶을 돌보고 도움을 주기에는 20대 초반 대학생의 삶은 이벤트가 정말 많다. 과제와 성적, 진로 고민은 고정값이고, 학과 생활, 친구, 애인에 관련된 일도 복잡하게 엮여 있다. 그런 요소들 사이에서 자기가 살아보지 않은 타인의 삶을 상상하고, 공감하고, 돌보기는 힘들다. 그 친구들과 나는 그저 주어진 삶을 살 뿐이었다. 생각하면 나하고 처지가 비슷한 이들도 분명 있었다. 장학금이 없으면 학교에 못 다닌다며 열심히 공부하는 언니, 매 학기 학자금 대출을 받는 선배가 생각났다. 아르바이트 정보를 공유한 친구도 떠올랐다. 우리는 그렇게 버틸 수 있었다. 그렇지만 재희에게는 그런 친구가 없었다. 집안 환경과 분위기, 아픈 강아지까지 공감할 사람이 없었다. 재희 이야기에 공감하지 못한 친구들에게도 잘못은 없다. 그런 과정에서 우리는 천천히 고립으로 접어들었고, 학교에 다니지 않는 시기에 본격적으로 고립됐다.

3부

관
계

일 — 일터 밖의 일터

간혹 기관 사례집에 실릴 글을 써달라는 외주가 들어왔다. 수입이 없는 상황이라 무척 반가웠다. 나를 기억하고 찾아주는 이가 있다는 사실에 헛되게 살지 않은 기분이 들기도 했다. 일명 프리랜서 작가가 됐다. 가장 반가운 일은 지방 출장이다. 여행을 좋아하지만 기력도 돈도 없으니 일을 쉬면서는 다른 지역에 갈 기회가 없었다.

충청도에 자리한 한 기관에서 사례집에 실릴 인터뷰를 진행하고 원고를 써달라고 해서 출장을 갔다. 터미널에서 버스를 기다리면서 도넛을 사 먹었다. 외식이 오랜만이었다. 편의점에서 물도 한 병 사서 버스에 올랐다. 황금빛 들판이 펼쳐진 충청도 어느 동네를 지나며 사진을 찍어 인스타그램에 올렸다. 인스타그램 업로드도 오랜만이다. 이렇게 외주 일이 종종 들어온다면 다시 취업하지 않고 프리랜서로 살 수 있지 않을까? 오랜만에 탄 시외버스와 황금빛 들판에 설레어 이런 생각을 했다.

연말까지 종종 들어오던 사례집 제작 의뢰가 해를 넘기자 거짓말처럼 끊겼다. 사례집은 1년 동안 거둔 성과를 정리하는 작업이니 당연한 일이었다. 외주 업무 의뢰가 끊기자 수입도 함께 사라졌다. 외주 일로 쌓은 소박한 잔고하고 함께 다시 고립의 일상이 시작됐다. 익숙한 집과 익숙한 소파와 익숙한 침대가 전부인 삶으로 돌아왔다. 황금빛 들판이 주는 설렘은 꿈을 꾼 듯 사라졌고, 유튜브와 넷플릭스가 주는 자극에 빠져들었다.

프리랜서 수현을 만나러 광역버스에 올랐다. 2층으로 된 광역버스를 처음 탄 나는 들떴다. 1층에도 좌석이 많지만 괜히 2층까지 올라가 자리를 잡았다. 1시간쯤 지나 경기도에 있는 한 카페에 도착했다. 규모가 큰 카페인데도 사람이 별로 없었다. 먼저 도착한 수현은 이미 음료를 주문한 상태였다.

"제가 올 때까지 기다리지 그랬어요."

수현이 작게 웃었고, 나는 허니브레드를 주문했다. 수현은 주거 문제 때문에 오랫동안 살던 곳을 떠나 가족하고 함께 얼마 전 이 지역으로 이사했다. 새로운 동네라 친구가 없지만 원래 친구를 자주 안 만나는데다 근처에 갈 만한 산도 있어서 만족한다고 했다.

나는 솔직히 야망이 없어요. 야망도 없고 돈을 크게 벌 생각도 없고 그래요. 이 정도 벌면서 저축해서 이렇게 살고 싶어요. 이렇게 살고 싶어. 어떻게 보면 대책 없지. 다른 사람들은 뭐 투자를 하고. 근데 나는 거주지, 주거에 대한 불안함이 항상 있었는데, 그게 해결이 됐잖아요, 이제. 그러니까 이런 생각을 하는 것 같아요.

그럼 이전 집에 살 때는 어땠어요?

불안했죠. 항상 불안했지. 언제 또 이사해야 할지. …… 나는 이사만 다니면서 살아야 하나? 이런 생각도 하고. 근데 그게 어쨌든 해결이 됐잖아요. 과정이 어쨌든.

주거 불안이 사라지니까 직업적인 높낮이를 감당할 수 있게 된 거예요? 그전에는 돈을 더 벌어야 하나 이런 생각을 했나요?

그래서 일을 많이 잡으려고 했죠. 그리고 프리랜서라는 게 언제 이렇게 잘릴지 모르고, 몇 년 전과 몇 년 후의 차이가 크잖아요. 그렇기 때문에 마구잡이로 했죠. 싸게, 열심히. 잘릴까 봐.

잘리지 않으려고 '싸게, 열심히' 일한 수현은 주거 불안을 해결하려 이사한 뒤에는 전보다 덜 불안하다. 수현은 대학에서 외주로 일을 맡은 회사가 다시 외주로 맡긴 일을 한다. 외주의 외주를 거쳐 일을 받는 구조는 나도 익숙하다. 나도 같은 과정으로 일을 받는다. 그래서 다른 분야에서 일하지만 수현이 하는 설명을 쉽게 이해할 수 있었다. 아무튼 대학에서 외주로 맡긴 일을 하는 수현에게는 방학마다 반복적으로 고립감이 찾아온다.

그러면 매년 7, 8월 즈음에는 일이 없는 거예요?

7월 중순부터 8월 중순. 한 달 정도. 그리고 12월 말부터 1월 중
순.

딱 방학 시즌이네요.

근데 12월에서 1월은 자잘한 거 할 때도 있죠. 왜냐하면 코로나니
까 온라인으로 자잘한 학회 같은 거, 그런 게 많아졌어요. 근데 대
체적으로 그 기간은 쉰다고 생각하면 (돼요).

그럼 그 기간마다 반복적으로 그런 고립감이 와요?

네, 저 우울해요. 일을 안 하면. 일을 많이 해도 우울하지만 일을
아예 안 해도 힘들어요.

(일을) 많이 하는 것보다는 안 하는 게 더 우울한 것 같아요. 그럼
그때 뭐해요?

요 근래 1, 2년에서야 산에 가기 시작했죠. 그전에는 뭐 했지? 그
냥 집에서 누워 있었던 것 같은데, 유튜브 보고, 누워서 우울해하
고. 그리고 인터넷 커뮤니티로, 여자들이 모여 있는 커뮤니티에 가
서 글을 자주 읽어요.

우리는 무엇이 부족했을까? 업무였을까, 아니면 수입이었
을까? 우리는 자연스럽게 이 두 가지를 묶어 '일'이라고 말했다.

일은 많아도 힘들지만 없으면 더 힘들었다.

처음에는 (일을) 어떻게 시작하게 됐어요?

처음에는 그냥 20대 초반에 학술 대회 진행 요원 있죠? 그거 알바를 했어요. 거기서 성질은 급하고 좀 띡띡거려도 주어진 일을 어떻게 해서든지 완벽하게 성실히 하려는 거를 좋게 봐주신 거죠. 출판사랑 학회 운영하고 그런 대표님이 그래서, 그 대표님이 처음에 알바 식으로 '편집 한번 해보지 않을래?' 이래가지고 시작해서 알바식으로 했는데, 내가 그 사장님 수준에 잘했던 거죠. 그래서 이게 본업으로 계속 쭉 이어지다가 또 그 사장님 말고 다른 거래처, 학회 일도 연결되어서 일하게 되고, 쭉 하게 된 거죠.

이거를 아예 일로 할 생각은 아니었던 거예요?

제가 공기업을 목표로 공부를 했었는데, 학술 대회 알바도 하면서. 근데 계속 떨어지는 거예요. 너무 이게 우울하고, 그리고 결정적으로 이거는 좀 공감을 못할 수도 있는데, 고양이가 죽었어요. 너무 상실감이 심하고 우울하니까 '사장님이 주신 알바라도 해야지' 이렇게 된 거죠. 나는 이거를 본업으로 삼을 생각이 전혀 없었어요. 단 1프로도.

왜요?

난 당연히 '대학 졸업하고 기업에서 일해야지' 이게 딱 나의 루트라고 생각을 했고, 나는 안정적인 걸 되게 중요시하기 때문에 공기업에 가고 싶었거든요. 그리고 내 대학교 동기 애들도 거의 그랬고. 제가 전공에는 소질이 없고 재미도 없었기 때문에 그걸 살리고 싶지 않았어요.

일을 시작한 계기가 서로 비슷해서 놀랐다. 수현은 대학 동기들이 공기업 취업을 준비했듯, 내 대학 선배와 동기들은 금융권 취업을 준비했다. 대학생이지만 여러 진로를 탐색하거나 고민하지 않은 채 흐름을 타서 나도 남들처럼 취업 준비를 했다. 그런 탓인지 결과가 좋지 않았다. 예상보다 취업 준비 기간이 길어지자 우울감이 지속됐다. 그러다 우연히 알게 된 계약직 일자리에 들어갔다. '이거라도 해야지'라는 마음이었다. 이렇게 시작한 일이 나중에야 커리어가 됐다.

그러면 지금 하는 일은 언제부터 한 거예요?

스물일곱 살.

그때부터 쭉? 그럼 꽤 오래 했네요. 이 일을.

오래 했죠.

어때요, 일하는 거는? 할 만한 것 같아요?

그런 거는 할 만해요. 지금은, 모르겠어요. 내가 또래보다 잘 버는지 아닌지는 모르겠지만, 내가 만족할 만한 수준은 버는 거죠. 나도 한 6, 7년 차 되지 않았나. 나를 케어할 정도는 버는데 외롭기

는 하죠. 거래처나 학회랑 할 때는 거의 메일로 하잖아요. 비대면 회의를 하더라도 줌이나 구글 미트로 하고, 학회도 온라인으로 많이 전환되기 때문에 내가 나가서 일할 그런 게 없어요. 처음에는 그게 되게 좋았어요. 고양이랑 둘이 있고, 엄마도 일하시니까 나 혼자서 집에서 일하는 게 너무 좋았는데, 점점 이게 너무 외로운 거죠. 여기서 고립감이 확 느껴질 때가 있어. 일하고 자고 일하고 자고, 일하는 공간이랑 내가 쉬는 공간이랑 분리가 안 되고 뭔가 대화할 사람도 없으니까 우울감이 올 때가 있어요.

내가 프리랜서가 되자 주변 프리랜서들이 눈에 보였다. 생각보다 많은 이들이 프리랜서로 일하고 있었다. 회사에 출퇴근하지만 프리랜서 형태로 계약한 친구(출퇴근 시간이 정해져 있고 업무 지시를 받는다면 불법이다), 글 쓰는 친구, 디자인하는 친구, 사진 찍는 친구까지 종류도 다양했다. 우리는 모두 30대이고 여성이었다. 비정규직이나 계약직으로 불리는 일자리에는 여성이 다수인 사례가 많다. 청소 노동자, 콜센터 노동자, 요양보호사 등 여성이 많은 일자리는 대부분 안전망이 없다. 지난 10년 사이 창작 영역에서 빠르게 늘어난 불안정 일자리는 프리랜서라는 새로운 이름표를 달았다. 마찬가지로 여성이 다수이며, 그중에서도 여성 청년 비율이 높은 영역이다.

수현은 수입이 없는 한두 달 동안 고립감을 느낀다고 말했지만, 일상적 환경에서도 고립이 드러났다. 일하는 공간과 쉬는 공간이 분리되지 않고 대화할 사람이 없는 생활 속에서 그나마 마지막 남은 정신을 지켜주는 버팀목이 일이다. 그러다 일마저 없는 공백의 시간에 고립이 몰려온다.

휴학을 하고 공공 기관에서 일을 잠깐 했어요. 6개월. 인턴 아니고 계약직. 그때 계약직 차별이 너무 심해가지고. 저는 어리기라도 하잖아요. 근데 언니들은 막 30대 후반인데. 너무 심해서 충격을 받아가지고 '할 거면 정규직 아니면 안 한다' 이게 너무 강해가지고 …… (어려운 일이 있어도) 티도 안 내고 물어보지도 않고. 왜냐하면, 나도 계약직이었지만 회사 다닐 때를 생각해보면 사회에서는 나의 아픈 거 이런 게 씹을 거리가 되더라고요. …… 앞에서 배려하는 척하면서 뒤에서 욕하는 거 너무 많이 봤거든요.

수현이 기억하는 직장 생활은 이렇다. 비정규직으로 일하는 30대 여성이 차별받는 곳, 나의 아픔이 다른 사람에게 '씹을 거리'가 되는 곳, 앞에서는 배려하지만 뒤에서는 욕하는 곳. 이때 남은 기억 때문인지 수현은 프리랜서로 일하면서 만난 사람들을 신뢰하지 못한다. 업무상 필요한 이야기를 전달할 뿐 어려움을 드러내지 않는다. 더군다나 집에서 일하는 프리랜서는 업체 관계자하고 많은 이야기 나눌 기회가 당연히 없다. 그만큼 친밀하지도 않고 친밀감이 쌓일 일도 없다. 업체 관계자는 비즈니스 상대일 뿐이다. 수현에게 대화 상대가 필요하지 않은지 물었다.

요즘에, 요즘에 부쩍 (대화 상대가 필요해요). 그래서 대학원에 갈까, 아니면은 공유 오피스 그거를 해볼까. 요즘에.
그곳에서 무슨 이야기를 하고 싶어요?
우선 나는 거래처를 상대할 때 나 혼자 상대하기 때문에 어떤 인간 군상이 있는지 알아보고 싶고, 또 혼자 일하는 사람들이 무슨 일을 하는지, 혼자서 무슨 일을 하는지, 내가 하지 않아도 다양하게 무슨 일을 하는지, 좀 새로운 세계를 보기라도 하고 싶고. 또 그리고 그냥 대화, 순수한 대화를 하고 싶어요.

프리랜서로 살아가는 모든 사람이 수현이나 나처럼 고립되지는 않는다고 생각한다. 비슷한 업종에 종사하는 이들끼리 커뮤니티를 형성하거나 함께 사업자 등록을 하는 사례도 본 적 있다. 그렇지만 프리랜서 여성들이 모두 조직돼 있지는 않다. 일터와 삶터가 구분되지 않고, 일상적 어려움을 나누지 못하고, 피해를 보더라도 개별적으로 대처해야 한다. 직업이 있다는 이유로 이 삶에 고립이라는 단어를 붙이면 안 되는 걸까?

프리랜서라는 직업을 가진 수현에게 나는 동질감을 느꼈다. 프리랜서가 될 수밖에 없는 과정이 특히 공감됐다. 우리에게는 안정보다 불안정이라는 단어가 더 가깝다. 30대인 수현과 나는 여러 불안정 노동을 거쳐 프리랜서라는 직종에 정착했다. 나는 한철 장사일 뿐이지만 선배 프리랜서 수현은 정기 거래처와 일 거리를 확보하고 생활을 유지할 만큼 소득을 얻는다. 존경하는 마음이 생겼다.

위치 — 내가 서 있는 자리

연구 범위를 좁히려고 '일을 하지 않을 때 고립을 경험한 사람'으로 대상을 한정했다. 나는 일자리와 소득이 없을 때 고립된 경험을 한 만큼 그런 사례에 집중하고 싶었다. 그런데 일하면서도 고립감을 느낀다는 이야기를 들었다.

연우는 어린 시절 '영 케어러'였다. 가족을 돌보는 청년을 요즘에는 영 케어러라 부르면서 관련 정책을 마련하고 적절한 지원도 하려 한다. 그때만 해도 가족을 돌보느라 미래에 집중하지 못하는 청년을 지원하려는 움직임은 없었다. 아픈 아버지를 돌보느라 학교를 자퇴한 연우는 아버지가 돌아가신 뒤 자기가 고립 상태라고 생각했다. 사전 설문에는 1년 정도 고립 상태로 지낸 적이 있다고 답했지만, 지금도 고립 상태라고 생각했다. 연우는 고립이 일상이라고 말했다.

고립됐다고 생각한 시기가 2017년 11월부터 2018년 10월까지라고 써주셨어요. 그 시기에 어땠는지 얘기해줄 수 있어요?

아버지랑 고모랑 같이 살고 있었는데, 2017년 11월에는 아버지가 돌아가셨고, 고모가 2018년 9월에 돌아가셨어요. 그리고 나서 혼자 살게 됐거든요. 아버지 돌아가시고 저 혼자 고모 부양하다가 자활에 참여하게 됐는데, 그때 당시도 되게 힘들었어요. 열여덟, 열아홉 이럴 때. 그냥 아무것도 없는 거예요. 아버지가 아프셔서 제가 학교를 고일 때 어쩔 수 없이 자퇴하게 됐었거든요. 그리고 고모도 많이 아프셨었고, 두 분 다 제가 케어를 해야 되는 상황이었기 때문에 학업을 이어갈 수가 없었어요. 어쩔 수 없이. 그래서 그 시기가 가장 어려웠던 시기였던 것 같아요.

그때 가장 어려웠던 건 뭐예요?

경제적인 부담이 있죠. 암만 부양한다고 해도 아버지도 근로 능력이 안 되시고 고모도 그러시니까. 세 사람을 부양하기가 많이 어려웠어요.

그러면 어떻게 그 시기를 버텼어요? 경제적인 어려움을 어떻게 해결했나요?

구청에서 사례 관리 하시는 주무관께서 복지관에서도 지원되는 게 있고 하니 연계해 주겠다고 해서 몇 번 지원받고 그걸로 생활

했었어요. 그러다가 제가 미성년자랑 성년 사이에 자활을 참여해야 한다는 구청의 통보가 있었어요. 아무것도 모르고 이제 자활에 들어가게 된 거요.

그때 자활에 들어간 이후에는 고립됐다는 생각은 안 들었어요?

경제적인 걸 떠나서 어쩔 수 없이 직장 아닌 직장이 있기는 하지만 돌아오면 친구들하고도 또 (상황이) 멀다 보니까 어쩔 수 없는. 늘 저는 매일이 고립이라고 생각하긴 하거든요. 지금도. 고립이라고 하는 게 그냥 지금 현재 저의 일상이 아닌가라는 생각이 들어서 생각이 많아져요.

자활 사업에 참여하는 연우는 취업 준비를 해야 하는 시기가 다가오고 있다. 자활 참여 기간은 최대 5년이다. '언제까지 이 일을 할 수 없다'는 생각은 자활에 참여하는 연우와 세진이 똑같이 한다. 자활 기간이 끝나면 취업해야 하는 연우는 20대 여성에게 우리 사회가 좋은 조건이 아니라고 느낀다. 기업도 여성보다 남성을 선호하고 가산점 이슈도 남 일이 아니다.

어떤 생각이 많이 들어요?

앞으로의 약간 너무 거창하긴 하지만 인생을 어떻게 살아가야 하는지 걱정이 많이 되고. 사실은 20대 여성이 살기에는 점점 나라가 여건이 안 되지 않나 하는 생각도 좀 많이 들어요. 학업(학력)에

187

서도 차이가 나고. 정식으로 4년제를 다닌 게 아니라. 토익이나 이런 자격증 같은 것도 거기에서도 차이가 나고, 남자들 군대에 갔다 왔냐 안 갔다 왔냐 이런 가산점 이슈도 되게 많았었잖아요. 아직도 기업에서는 여성보다는 남성이 조금 더 우세하지 않나 늘 이제 보면 그런 것 같아요. 미디어에서 보여주는 것도 그렇고. '어떻게 살아가야 하지?'라는 생각이 많이 들어요. 발전보다는 도태되어간다는 느낌이 들어요.

어떨 때 그런 생각이 제일 많이 들어요?

저도 이제 취업을, 자활 참여 기간이 길기 때문에 알아보고는 있는데, 여성보다는 남성을 더 우선시한다라는 걸 아예 공고에 쓰기도 하고. '자활에서 벗어나서 독립할 수 있는가'가 요새는 가장 고민인 것 같아요.

여성 청년이 느끼는 차별 문제는 단순한 피해 의식이 아니다. 생계와 미래가 걸린 현실이다. 대학원 수업 시간에 들은 '국민은행 채용 성차별 사건'이 떠올랐다. 2015년부터 2016년까지 국민은행이 신입 직원을 뽑으면서 남성 지원자 300여 명만 점수를 올려줬다. 남성 채용 비율을 높이려고 한 짓이었다. 하나은행도 비슷한 잘못을 저질렀다.

내가 직장 생활을 시작한 때가 2014년이니 우리 또래들이 한창 취업문을 뚫는 시기였다. 그때나 지금이나 금융권은 인기가 좋았다. 경제학과를 졸업한 나는 다른 분야는 생각하지 않고 금융권 취업을 준비했다. '취뽀'에 실패하고 몇 년을 헤매면서 금융권 대기업, 저축은행, 일반 회사 회계직으로 눈높이를 낮췄다. 그러다가 우연한 기회에 다른 분야에서 일을 시작했다. 사건이 벌어진 때에는 직장 생활을 하느라 모르다가 몇 년 지나 대학원 강의실에서 알게 됐다. 어쩐지, 취업이 안 되더라니.

취업처럼 생존과 존엄을 좌지우지하는 문제 앞에서 우리는 작아질 수밖에 없다. 결과가 좋지 않을 때는 사회를 탓하기보다는 자기를 탓한다. 이 사회가 문제라면 나 혼자 노력해도 아무 소용이 없다. '내가 가진 자원이 없어서, 내가 노력하지 않아서, 내 외모가 별로 좋지 않아서' 내가 이 꼴이라고 생각해야 상황을 개선할 수 있다. 그렇게 최선을 다해 자기 자신을 닦달하다가 어느 순간 진실을 마주한다.

"여자라서 안 뽑았다. 여자라서 낮은 점수를 받았다."

최선을 다하며 살아온 지난날이 무색해지는 그 순간, 우리는 배제되고 고립된다. 이런 사건을 접할 때면 연우는 고립감을 느낀다. 일자리를 알아봐야 한다. 금전적으로 기댈 수 있는 사람이 없으니 안정된 생활을 꾸릴 직업이 필요하다. 가족을 돌보느라 고등학교를 자퇴했다. 검정고시를 봤고, 얼마 전에는 사이버 대학교에 입학했다. 일하면서도 학과 수업에 열심히 참여하고 자격증 공부도 한다. 그렇지만 '정식으로' 4년제 대학에 다니지

않아서 불안하다. 더군다나 기한이 정해져 있다. 자활 참여 기간
이 끝나기 전이나 끝나는 시점에 맞춰 연우는 취업해야만 한다.

주변에 어떤 사람들이 있어요?

이제 막 대학교 졸업을 하고 취업 준비를 하는 친구들이 있고요.
중학교 때부터 친구였어요. 그 친구들하고 저의 출발선이 다르기
때문에 이야기를 하다가 좀 부딪치는 것들이 있는 것 같아요.

어떤 것들이 부딪쳐요?

가고자 하는 길에 목표가 너무 달라서. 어쩔 수 없이 '1년에 연봉
이 얼마나 되냐' 이런 얘기들을 하게 되잖아요. 저는 그냥 이 정도
만 소소하게 있어도 될 것 같은데 그 친구들의 기대치가 엄청 높
은 것 같아요. 그런 얘기 자체도 너무 다르고 가치관도 달라서.

그런 얘기로 이렇게 갈등이 있었던 적 있어요?

아, 저는 갈등을 좀 피해요. 그냥 그럴 기미가 보이고 기분이 나빠
질 것 같다라고 하면 얘기를 안 하거든요.

그런 얘기 들으면 기분은 안 좋겠어요.

그렇죠. 그런 얘기를 좀 들으면서 약간 땅굴 들어가는 것 같고, 그
것도 일단 일종의 고립이지 않을까.

연우에게는 절친한 친구들이 있다. 함께 사는 미래를 생각
할 만큼 친밀한 이들이지만 가끔 친구들하고 다른 데 서 있는

자기를 발견한다. 친구들은 높은 연봉을 기대한다. 연우는 지금 정도 연봉이면 괜찮다고 생각하지만, 친구들이 세운 목표를 마주할 때면 좌절한다.

친구들과 연우는 '출발선'이 다르다. 위치도, 지금 서 있는 자리도 다르다. 누구보다 열심히 사는 연우도 출발선은 극복할 수 없다. 우리는 사회에서 겪는 배제를 일상에서 만난다. 친구들과 나 사이에 드러나는 간격, 그리고 뉴스에서 비치는 이야기와 내 삶 사이에 자리하는 괴리를 통해 배제를 느낀다. '아, 나하고 저 사람은 다르구나. 나는 저 세계에 속하지 못하는구나.' 그래서 우리는 일하면서도 매일 고립된다.

친구 — 가능성의 세계

일을 하면서 친구들하고는 자연스레 멀어졌다. 녀석들이 하는 이야기가 공감되지 않았다. 우리가 자주 어울린 시절처럼 화장품이나 연애에 계속 관심을 기울이면 멀어지지 않았으려나. 시간이 흐르면서 친구들은 네일 케어와 결혼으로 관심사를 옮겼지만, 나는 그렇지 않았다. 어쩌다 정치나 사회 문제를 이야기할 때면 나만 의견이 달랐고, 나중에는 혼자가 되기 싫어 입을 다물었다. 솔직하지 못한 만큼 만남은 곧 피로가 됐다. 약속 시간에 매번 늦거나 자주 빠졌고, 친구 모임에서 내 존재는 천천히 사라졌다. 일하는 동안에는 편했다. 카톡방에 쌓이는 빨간 알림을 보면서 '저걸 언제 다 읽어'라는 생각을 하지 않아 좋았고, 원하지 않는 결혼식이나 청첩장 나눠주는 자리에 안 갈 수 있었다.

수현은 친구들이 대부분 전업주부다. 친구들하고 대화할 때는 일하는 여성으로서 자기를 드러낼 기회가 없다. 친구들이 나누는 대화는 주로 남편이 주제이고 일은 돈벌이 수단으로 언급될 뿐이기 때문이다. 수현은 일이 없는 시기에도 고립감을 느끼지만 친구들하고 대화를 나눌 때에도 고립감을 느낀다.

친구들이랑 얘기할 때도 고립감을 많이 느꼈어요. 고향 친구들이 3분의 2가 가정주부거든요. 애들이 거의 일을 안 해요. 일해도 그런, 눈에 보이는 으쓱거림, '남편이 돈 벌지 말라는데', 남편, 시댁. 그런 거 있죠, 아닌 척하면서 자랑하는 거. …… 분명히 걔네들 20대 미혼일 때 되게 주체적이고 연애도 막 자기가 남자 쥐락펴락하고 그러고 살았거든요. 근데 모든 얘기가 남편으로 끝날 때, 그럴 때, 내가 알던 내 친구가 아닌 것 같고. '이게 당연한 건데 내가 잘 못된 건가?' 이런 생각이 들기도 하고.

나와 수현은 결혼에 관심이 없었고, 남성하고 함께하는 삶을 경계했다. 우리 둘은 남자(아버지)가 들어오면서 어머니의 삶이 불행해졌다고 생각했고, 남자하고 함께하는 삶을 위험을 떠안는 일로 여긴다. 그래서 결혼을 중심으로 진행되는 대화에서 우리는 자기 자신을 숨길 수밖에 없고, 때로는 '내가 잘못된 걸까' 의심하게 된다. 비혼 여성 내부의 시간적 의미는 동일하게 상상되며, 비혼의 삶에서 여성이 만들어가는 삶의 책임, 자아 가치나 주체적 실천은 비가시화된다.[*] 결혼이라는 정상성 속에서 비혼인 수현의 삶은 단순히 돈 버느라 일하는 여성으로 그려진다. 수현이 사업을 수주하고 업무를 완수하는 데 들이는 노력과 자기 삶을 운영하기 위해 분투하는 과정은 소거된다.

나는 20대 후반에 일하며 만난 친구들하고 가장 친했다. 일에 관련된 이야기를 주로 한 만큼 퇴사하면서 연락이 줄었다. 그래도 지방으로 이주한 친구가 서울에 오거나 우리 중 한 명이 이직에 성공한 때는 자주 만난 호프집에 모여 맥주 한잔을 기울였다. 각자 소식을 나누는 친구들 사이에서 나는 할 말이 없었다. 논문 제출 기한이 언제인데 아직 갈 길이 멀다는 이야기가 전부였다. 그래도 그 자리에서는 조금 솔직할 수 있었다.

"요즘 좀 무기력해서 헬스장에 등록했어."

"저번에 만났을 때도 무기력 얘기를 했던 것 같은데. 예슬, 퇴사하고 자주 무기력한 것 같아."

내 변화를 누군가 알아채다니, 오랜만이었다. 자주 만나지도 않는 사이인데, 친구는 내가 지나가는 말로 뱉은 말을 기억하고 그 기억을 연결해 내 상태를 짚어줬다. 위로받으려고 한 말

---

* 김순남, 〈이성애 비혼여성으로 살아가기: 지속가능한 비혼, 젠더, 친밀성〉, 《한국여성학》 32(1), 한국여성학회, 2016, 181~217쪽.

은 아니었다. 무기력한 모습을 보이고 싶지도 않았다. 그렇지만 눈치 빠른 친구를 속일 수는 없었다. 친구가 한 말은 한발 물러서서 나를 바라보는 도구가 됐다. 나라는 세계에 갇혀 내 문제와 내 고통을 안고 씨름하던 나는, 친구 덕분에 다른 시선으로 나를 해석하게 됐다. 나는 내 눈에만 무기력한 사람이 아니라 다른 이가 볼 때도 무기력한 상태였다.

내게 친구는 거울이다. 친구들은 내가 지금 어떤 상태인지를 보여준다. 친구들은 퇴사 뒤에 새로운 취미를 찾고, 다른 지역에서 새 삶을 시작하고, 회사를 옮겨 전에 경험하지 못한 직무에 도전했다. 내가 침잠하는 동안 다른 이들은 부지런히 움직이고 있었다. 친구들을 만나고 자극을 받아서 하루아침에 밖으로 나가거나 새로운 일을 시도하지는 않았다. 그렇지만 이제 더는 괜찮지 않았다. 변화가 필요하다는 사실을 받아들였고, 필요하다면 도움을 받기로 했다.

가족을 빼고는 모든 연락을 끊은 상태라고 말하는 성현에게서 관계 단절의 중심에 친구가 있다고 느꼈다.

고등학교 때 친구도 있고 다 있는데, 그 연락을 전부 다 끊는 시기가 있었어요. 애들이 뭐 연락이 와도 그냥 전화를 안 받고.

고립 시기예요?

그 직전 비슷한 시기였던 것 같아요. 휴학을 하는 그쯤. 그러면서

연락할 사람이 정말 전혀 없고. 주변 사람 그냥 가족을 제외하고
는 그냥 다 연락을 끊고 살았었어요. 지금까지.

어떤 마음이었을까요?

그때는 그냥 모든 게 너무 버겁고 힘든 감정이 커지고, 연락 오는
것도 너무 스트레스고, 그냥 모든 게 스트레스여가지고. 그냥 너
무 힘들어. 그런 게 다 너무 버겁게 느껴져서.

성현은 가족하고 연락을 하면서도 친구들 연락은 끊었다.
친구들하고 연락하지 않은 기간이 바로 고립 시기였다. 성현에
게 관계 단절의 대상이 친구라는 사실은 그만큼 친구 관계가 중
요하다는 뜻이다. 친구는 우리가 사회에 연결되는 가장 핵심적
인 매개이면서 자원이다. 하민은 친구 덕분에 힘을 얻었다.

그래도 그나마 다시 일어날 수 있었던 게 친구가 있었어요. 그래서
좀 다시 일으켜 세울 수 있었던 것 같은데.

고립 시기에 그 친구가 어떻게 힘이 됐어요?

그냥 뭐 밥 먹었는지 이런 거 물어봐주고, 제가 얘기하면 들어주
고, 그냥 그렇게만 해도.

하민의 친구가 고립된 친구 하민을 유별나게 챙기지는 않
았다. 그저 전화와 메시지로 상태를 확인하고 이야기를 들어줬

다. 일상에 관심을 기울이고 이야기할 공간과 시간을 마련해주면 사람은 돌봄을 받는 기분을 느낀다.

연우에게 친구는 가장 중요한 자원이다.

저희 친구가 둘이거든요. 저 빼고. 그 친구들끼리 약간 실버타운 아닌 실버타운을 만들어서 같이 살자라는 얘기를 늘 해왔었어요. 친구들은 부모님 통제 안에서 좀 벗어나고 싶은 친구들, 저는 그런 가족 같은 공동체가 필요하고, 저희끼리 아프면 보호자가 되어주자는 얘기를 해요. 친구들끼리도 그런 걸 많이 알아봐요. 둘이 사는데 한 명이 보호자가 될 수 있는 제도라든지. 그런 걸 자주 보는 친구가 있고 그래서 죽을 때까지는 그렇게 살기로.

연우와 친구들은 노년에도 함께하는 미래를 그리고 있다. 어린 시절 함께 살던 아버지와 고모를 먼저 떠나보낸 연우에게 친구는 실질적 안전망이다. 한국 사회에서는 가족이 가장 큰 안전망이다. 사회적 지지 체계가 약한 한국에서 가족을 통해 돌봄이나 지원을 받지 못하면 고립될 수밖에 없다. 혈연으로 구성된 가족이 기능하지 못할 때 사회는 제도를 통해 고립된 삶을 포괄하지 않는다. 이성애를 바탕으로 한 결혼을 해서 다시 가족을 만든다면 주택 청약이나 세제 혜택 같은 도움을 주겠다고 약속한다. 연우와 친구들은 친구끼리 보호자가 되기 위해 제도를 알아본다고 말했다. 그렇지만 아직 한국은 혈연이나 입양, 결혼을 제외한 가족을 인정하지 않는다. 연우와 친구들처럼 혈연이나 이성애를 넘어 서로 힘이 되는 관계가 있다면 어떨까? 함께 미래를 꿈꾸고 서로 신뢰하고 보호하는 관계가 친구라는 이름으로 가능하다면, 내가 친구들하고 나누는 대화도 주제가 좀더 넓어질 수 있다.

퇴사하고 얼마 되지 않은 때 오랜 친구들을 만날 기회가 있었다. 전보다 시간이 많아져 약속을 잡기가 쉬웠고, 친구들 중에서 둘이나 결혼을 했다. 여유로운 마음으로 만나니까 내가 그동안 얼마나 좁은 시선으로 친구들을 바라본지 알 수 있었다. 가족 간 갈등과 진로 고민 등 내 문제를 먼저 꺼내놓자 친구들이 한 경험도 수면 위로 올라왔다. 내가 친구들하고 멀어진 이유는 사실 내 빈약한 공감 능력일지도 모른다. 녀석들하고 나눈 대화 속에 내가 미처 알아채지 못한 삶의 변화와 여성으로서 겪는 고통이 분명 들어 있었다. 이제야 그런 문제들이 눈에 보이기 시작할 뿐이다.

8년 동안 고립을 경험한 서진은 고립을 벗어난 뒤 여러 인터뷰에 참여했다. 사정을 모르던 친구들은 서진이 인터뷰를 보여주자 혼자 힘들어한 친구를 응원했다.

제가 중학교 때 친구들이 있는데 되게 잘 맞아서 친해졌고, 또 제가 한 번 은둔을 한창 할 때는 이 친구들한테 말을 못 했었는데, 이제 언론 인터뷰를 나고 나서 슬쩍 그 영상을 보여주면서 '사실 이랬어'라고 말했더니 별 반응 없이 '야, 멋있다' 이렇게 말한 거예요. 그래서 얘네들한테 괜찮겠구나. 얘네는 또 서로 힘든 얘기 자주 하기도 하고 그래서.

만약 이 책이 세상에 모습을 드러낸다면, 내 친구들은 뭐라고 할까? 옛 친구들은 절절한 위로 대신 '작가님 되셨네!'라며 나를 놀릴 테다. 일하다가 만난 친구들은 축하를 보내올 테다. 어느 쪽이든 친구는 사람을 세상에 연결하는 중요한 고리이고, 친구 관계는 그것 자체로 하나의 세상이다. 친구들은 나를 통해 고립이라는 단어를 알게 될 테고, 나는 친구들이 하는 이야기에서 다시 나를, 세상을 발견할 테다.

동료 — 신뢰의 시작

나는 동료라는 존재를 중요하게 생각한다. 내 경험이 그렇기 때문이다. 계약직과 일용직을 벗어나 진입한 첫 정규직 일자리는 내게 자부심이었다. 스스로 먹고살 힘이 있다고 깨달았고, 특정 분야에 속해 있다는 소속감이 안정감을 줬다. 더 오래 더 잘하려 애쓰면서 여러 동료에게서 도움을 받고 때로는 부딪쳤다.

잘하고 싶은 사람들이 모여 있으면 갈등은 당연한 과정이다. 인정받으려고, 맡은 업무를 완수하려고 골몰하면 각자 의견이 생기기 마련이고, 다른 사람이 낸 의견이 나하고 다르면 부딪치는 일이 생긴다. 타협하고, 합의하고, 때로는 박 터지게 싸우고, 어제까지 껄끄럽던 사람이 오늘은 더 껄끄러워지는 경험을 한다. 그리고 이 사람이 준 상처를 저 사람에게서 위로받는다.

동료들에게 내 밑바닥을 보여주고 상대방 밑바닥을 마주하면서 인간 세상에 환멸을 느끼다가도, 결국 사람 덕분에 다시 힘을 얻는 일이 다반사다. 그렇게 옆자리에 앉은 사람은 진정한 동료가 된다.

일터에서 얻는 안정된 소득은 동료라는 존재만큼이나 중요하다. 나는 정규직 고용계약서를 쓰고 나서 2년 뒤에 독립했는데, 독립 자금은 일하며 모은 돈으로 마련했다. 부양할 가족이 없고 학자금 대출도 많지 않아 꾸준히 적금을 들 수 있었다. 독립 뒤에 처음으로 인생 계획이 생겼다. 언제까지 전세 대출을 갚을지, 얼마를 더 모아 언제쯤 더 넓은 집으로 이사할 수 있을지 계산했다. 돈을 더 모으려고 날마다 도시락을 싸고 커피도 사 마시지 않았지만, 내가 궁상맞다고 생각하지는 않았다. 오히려 스스로 생계를 꾸리고 주거를 마련한 내가 자랑스러웠다.

여성 고립 청년들은 모두 계약직으로 일한 경험이 있었다. 인터뷰한 20대 참여자 여섯 명 중 다섯 명은 정규직 일자리에 진입한 경험이 전혀 없고, 지금도 계약직이나 기한의 한정이 있는 일자리에 종사한다. 30대 참여자 네 명 중 두 명은 프리랜서로 일하는데, 모두 대졸이고 생계를 유지할 정도로 소득을 얻는다. 대학에 진학하지 않거나 중퇴한 30대 참여자 중 한 명은 계약직으로 일하며, 다른 한 명은 구직을 희망하지만 마땅한 일자리가 없어 생계가 어려운 상황이다.

여성 고립 청년들은 일터에 소속감을 느끼거나 다른 사람하고 동료로서 관계를 맺은 경험이 없었고, 안정된 일자리에 진입한 경험도 하지 못했다. 이 점이 중요하다. 계약 기간이 정해져 있고 옆자리에 앉은 사람이 자주 바뀌는 일자리는 불안하다. 자기가 하는 업무가 중요하게 여겨지지 않는다면 일터에서 안정감과 소속감을 얻을 수 없다. 일하는 사람도 지금 있는 일자리를 거쳐 가는 과정으로 생각하게 된다.

콜센터에서 일하는 하민은 서로 이야기할 시간이 없어서 일터에서 다른 사람하고 관계를 맺기 어렵다고 말했다.

(같이 일하는 사람이) 누군지는 아는데, 막 그렇게 얘기도 많이 안 하고 그래서 화목하고 이런 건 아닌 것 같아요. 그냥 각자 일하고, 그냥 그런 것 같아요.

얘기할 수 있는 시간이 없나요?

네. 그냥 쉬는 시간도 없고, 진짜 밥 먹는 시간 빼고는 쉬는 시간이 없거든요. 그래도 계속 일하니까 그래서 더 힘든 거 같아요. 화장실만 갈 수 있어요. 뭔가 죄수처럼 계속 앉아서 이렇게 하고 있으니까.

정부는 콜센터 노동자에게 휴게 시간을 제공하라고 '권장'하지만 하민은 이런 지침이 지켜지지 않는다고 전한다. 감정 노동 업무를 하는 이들에게 휴게 시간은 필수다. 콜센터 노동자 중 50퍼센트 이상이 월 1회 이상 성희롱을 당한 경험이 있으며, 80퍼센트 이상이 폭언이나 욕설을 경험한다.[*] 노동자 보호 조치는 미비할뿐더러 기본 권리인 휴게 시간마저 지켜지지 않는다. 휴게 시간조차 보장받지 못하는 불안정 노동에 진입한 여성 청년은 당연하게도 일터에서 진로 고민을 나눌 수 없으며, 신뢰를 쌓을 만한 관계를 형성하기는 더욱 어렵다.

정규직 일자리를 경험한 이들에게도 일터는 제대로 된 관계를 맺을 수 있는 공간이 아니었다. 유일하게 20대에 안정된 일자리에 진입한 경험을 한 여성 고립 청년은 일터에서 맺는 관계가 도움이 되지 않는다고 말했다. 성차별이 만연한 곳, 밤 열한 시까지 야근해야 하는 곳, 사람을 쓰다 버리는 곳이라는 전제가 정규직 일자리에 진입한 여성이 경험하는 회사다.

무엇보다도 성별 직무 분리가 심각하다. 성별 직무 분리는 돈을 더 받고 덜 받는 문제를 넘어선다. 남성 영업직 직원들은 업무 현장에 여성 사무직 직원을 데려간다. 회사도 이런 영업 방식을 권장한다. 젊고 예쁠수록 압박이 심하지만, '치마만 두르면 괜찮은' 사례도 많다. 원치 않는 술자리에 참석하면서도 영업 실

* 공주, 〈감염병에 취약한 3밀(밀접·밀집·밀폐) 여성 노동 현장: 서울시 콜센터 작업장 환경 실태〉, 《젠더 이슈》 7호, 서울시여성가족재단, 202

적은 남성 직원들이 올리기 때문에 사무직 여성 청년은 일터에서 언제나 덜 중요한 위치에 머무른다. 여성 청년들은 이런 일터에서 살아남으려 고심한다. 여성성 감추기 같은 상황적 전략을 활용해 술자리를 피하거나 회사를 월급만 받는 곳으로 인식하면서 장기적인 직장 생활의 '룰'을 배웠다.

일터에 신뢰할 수 있는 관계가 있는지 물으면 대부분은 없다고 대답했지만, 하민은 대화 정도는 나눌 사람이 있다고 말했다. 정확히 말하면 동료보다는 또래 친구에 가깝다.

지금까지 동료라고 할 만한 사람이 없었나요?

동료? 네. 없었던 것 같아요.

일을 계속해 왔는데도요?

그냥 약간 다 개인주의니까.

지금 일하시는 곳에서도 그런가요?

네.

회사에서 대화하는 사람이 없나요?

한 명이랑 막 얘기하는데, 그 친구도 저랑 동갑이라서 그냥 친구라고 생각하고 그런 거 같아요.

하민은 혼자 할 수 있는 일을 한다. 업무상 소통할 수 있는 동료가 없을 때 친하게 지내는 사람은 동료보다는 친구로 인식

된다. 여성 고립 청년 열 명 중 일터에서 의미 있는 관계를 맺은 적이 있다고 대답한 사람은 서진뿐이다. 은둔 청년을 지원하는 단체에서 사회생활을 시작한 서진을 통해 우리는 동료가 진로 고민을 나눌 의논 상대이자 사회적 안전망이 될 수도 있다는 가능성을 확인한다.

제가 ○○ 단체에서 만난 팀장님도 그렇고 되게 많이 도움을 받았어요. 사회화되는 데 되게 많이 도움을 받았어가지고, '내가 도움을 받았던 만큼 돌려주고 싶다' 그런 것도 있고…… 제가 일을 시작하고 3개월 정도 되니까 너무너무 힘든 거예요. 그래서 그냥 '퇴사를 하겠다'라고 했는데, 그 당시 대표님이 '지금 여기서 이렇게 그만두는 건 이제 너한테 좋은 기억으로 안 남을 것 같다. 그러니까 괜찮으면 한 달만 쉬고 와서 다시 일해라'라고 먼저 권유를 해주신 거예요. …… 근데 그 당시에는 일이 너무 많아서 사실 쉬지는 못했어요. 그래도 그냥 마음이라도, 말만으로도 너무 고마웠고. …… 제가 가장 꿈꾸면서도 사실 불가능한 일일 거라고 생각했던 거죠. '내가 회사 생활을 할 수 있을까'라고 생각했을 때, 저는 어떤 수직적인 그런 체계에 정말 정말 적응을 못 하는 사람인데, 근데 ○○을 봤을 때 그런 상사가 있을 수 있다라는 게 정말 정말 운이 좋았던.

8년이라는 장기 고립을 경험한 뒤 만난 직장 상사는 수직적 체계에 적응하기 힘든 서진이 사회생활을 할 수 있도록 도왔다. 사회성을 키우는 데 도움을 주고 미래를 함께 걱정하면서 신뢰관계가 형성됐다.

3개월 만에 퇴사 의사를 밝힌 서진처럼 나도 일하다가 퇴사 의사를 밝힌 적이 있다. 실제로 퇴사하기 전까지 (결국에는 번복된) 퇴사 면담이 두 번 있었다. 첫째 번 면담은 일을 시작한 지 1년 정도 된 때였다. 내가 퇴사하겠다고 말하자 육아 휴직을 하고 복직한 지 얼마 되지 않은 상사는 함께 울었다. 오랜만에 시작한 일이 예전 같지 않아 자기도 힘든데 내 이야기를 들으니 공감이 된다고 했다. 퇴사를 번복한 이유는 떠오르지 않는다. 다만 그때 면담한 상사가 동료로서 진심으로 공감해주던 모습은 뚜렷이 기억한다.

둘째 번 퇴사 면담은 새로운 직책에 적응하지 못해 괴로워할 때였다. 상사에게 새로 맡은 직책이 내 역량을 벗어난 듯하다고 말했다. 상사는 내 상태를 정확히 짚었다. 한 사무실을 쓰는 사람들에게 내가 위태로워 보인 모양이었다. 문제를 개선할 방법도 정확히 알려줬다. 상황이 명확해지자 퇴사하고 싶지 않았다. 적어도 잘못한 부분은 고치고 그만두고 싶었다. 이 두 면담을 거치면서 나는 조직 생활을 버텨냈다. 그때 만난 상사들하고는 지금도 연락한다. 좋은 소식이 생기거나 고민이 있을 때 가장 먼저 떠오르는 얼굴들이다.

도움을 주고받을 만한 신뢰 관계가 없는 여성 청년에게 가족이나 친구 밖 관계는 아주 큰 의미가 있다. 드문 사례이지만 일터 안에 의미 있는 관계가 형성될 때 사회적 소속감을 경험하고 진로를 상의할 기회가 생기며, 결과적으로 사회적 신뢰를 회복하고 폭넓은 인적 자원을 활용하게 된다.

여성 청년의 일 경험은 더 면밀히 살펴야 한다. 여성 고립 청년 중 세 명만 기간의 한정이 없는 일자리, 곧 정규직에 종사하거나 생활이 어렵지 않을 만큼 소득이 있다. 그중 두 명은 30대 대졸자여서 대학 중퇴나 비진학 청년에 견줘 일자리를 구할 때 상대적으로 선택 폭이 넓다. 또한 나머지 한 명은 20대 중 유일하게 정규직으로 일하는데, 부모님이 소개해서 그 일자리에 진입한 사례다. 진로 선택이나 취업 과정은 학력이나 가족의 사회적 계급에 직결된다. 정규직 일자리에 진입하기가 더욱 어려운 여성 청년에게 이 두 가지는 생계 조건이 된다.

정규직 일자리에 진입하기 어려운 이들은 감정 노동을 해야 하는 직종에 들어가는 사례가 많다. 주로 여성을 선호하기 때문에 일자리를 쉽게 구할 수 있다. 그렇지만 이런 일자리는 노동법의 빈틈과 모호한 지침의 경계를 가뿐히 지르밟는다. 정규직이라고 해서 안심할 수는 없다. 성별에 따른 직종 분리와 임금 격차가 견고하다. 여성은 남성하고 다른 업무를 담당하면서 더 적은 임금을 받는다. 남성 직원은 자기보다 '덜 중요한' 일을 하는 여성 청년 노동자의 성적 매력을 도구로 삼아 자기 실적을 높이는 데 이용한다. 우리는 노동자가 아니라 성적 매력을 지닌 젊은 여성으로 소비된다. 여성 청년이 일터에서 겪는 숱한 문제는 닳지 않는 샘물이다. 말해도 말해도 끝이 없다.

지자체에서 운영하는 고립 청년 지원 사업은 대부분 일자리 연계를 해법으로 제시한다. 직업 교육과 마음 상담 같은 각종 지원을 제공한 뒤 최종적으로는 일자리를 마련해준다는 말이다. 일자리 사업은 세심하게 설계해야 한다. 지자체나 정부가 지원하거나 운영하는 일자리는 단기성이 가장 큰 한계다. 여성 청년의 일 경험은 단기 일자리가 대부분이어서 적성이나 장기적 진로에 관련 없는 계약직 일자리를 반복하기 일쑤다. 이런 일자리는 안정감을 주지 못한다.

또한 동료가 필요하다. 업무와 조직 생활에서 맞닥뜨리는 고민을 나누고 진로 문제를 의논할 상대가 필요하다. 고립 청년 지원 사업을 진행하는 당사자가 고립을 경험한 개인의 서사를 중요하게 다룬다면 이런 이야기는 필요 없겠지만, 어떤 공공 기관도 이런 방식으로 일하지 않는다.

여성 청년이 일터에서 겪는 구조적 문제를 바라보는 관점은 지나치게 안일하다. 현실적인 접근을 찾아볼 수 없다. 여성 청년을 힘들게 하는 성희롱과 성차별, 성별 임금 격차와 성별 직종 분리를 해결하지 않는다면 우리는 매번 제자리로 돌아오게 된다. 여성 청년에게는 이미 익숙해진 문제들이 해결되기 시작할 때 우리는 비로소 사회적 신뢰를 이야기할 수 있다.

공공이 개인이 경험하는 차별과 아픔에 집중할 수 없다면, 그래서 결국 천편일률 일자리를 제공하겠다면, 적어도 직간접적으로 운영하는 일자리 사업이 드러내는 단기성을 극복하고 사업 참여자가 다양한 인적 네트워크를 형성할 수 있게 도와야 한다. 메마른 숫자로 제시되는 실적을 넘어 고립을 경험한 이들이 일자리를 매개로 사람과 사회를 향한 신뢰를 회복할 가능성을 이야기해야 한다. 우리는 질문해야 한다. 일자리 사업은 왜 우리에게 안정감을 주지 못하는가.

자매 — 가장 진한 연대

수현은 어린 시절 엄마와 아빠 때문에 많이 힘들었다. 아버지가 외도와 낭비를 저질러 불화가 생겼고, 어머니는 큰딸 수현에게 스트레스를 풀었다. 수현은 지금 엄마하고 살면서 아직도 종종 싸우거나 우울해진다. 수현에게 가족은 도움 되는 존재로 여겨지지 않는다. 동생만큼은 다르다. 가끔 철없는 행동을 해 걱정거리가 되지만 수현은 동생에게는 편하게 이야기를 꺼낼 수 있다.

동생이 철이 없는 것 같기도 하지만 자매들만의 그런 게 있어요. 가볍게 대화해도 마음이 풀리는 게 있죠. 무거운 얘기도 가볍게 툭 잊어버리고 이런 게 있는.

여자 형제를 둔 여성 고립 청년은 언니나 여동생하고 맺는 관계를 긍정적으로 표현했다. 모든 자매가 긍정적 관계를 유지하지는 않을 테지만 적어도 내가 만난 여성 고립 청년들은 그랬다. 수현뿐만 아니라 서진과 성현에게도 언니나 여동생은 실질적으로 도움이 됐다. 자매들은 서로 상담사가 됐으며, 고립 기간에는 일상적인 도움을 주기도 했다.

원래는 (동생이랑) 사이가 되게 안 좋았거든요. 근데 제가 이제 스물세 살에 자살 시도를 하면서, 그때부터 '언니가 많이 힘들었구나' 하면서 이해를 하기 시작해서 많이 친해졌는데. 그래도 한 제가 5년 정도 아무것도 안 하고 집에 있으니까 걱정도 되고 그러니까 잘 이해는 못 했어요. '언니 좀 뭘 좀 해야 하는 거 아니야?' 이런 말도 많이 했었고. 그럼에도 불구하고 동생이 제가 우울하게 누워 있으면 집안일도 본인이 다 해주고 그런 게 있으니까 도움이 많이 됐죠. 그런데 그게 또 미안한 거죠. 오히려 그것 때문에 내가 더 쓰레기처럼 느껴지고, 약간 빌붙어 사는 것 같고, 막 그런 느낌이 들었었어요. —서진

제가 언니에게 도움이 되는지는 모르겠는데, 언니는 저에게 많은 도움이 되는 것 같은데. …… 근데 또 언니랑 말하는 게 만약에 언니가 남자였다면 진짜 아빠 같은 사람이 됐을 것 같다, 이런 얘기

도 한 적이 있고. 만약에 언니가 남자였다면 깜빵 가 있지 않을까 이런 얘기도 하고, …… 일단 언니랑 애인 이상으로 되게 심적으로 많이 교류를 하는 것 같아서, 언니가 지금 부모님도……언니가 진짜 그냥, 인생에서 그냥 제일 큰 도움이 되는 것 같고. ㅡ성현

가정 폭력에 시달린 성현에게 오빠라는 가상의 인물은 아버지하고 닮거나 아버지를 연상시킨다. 반면 언니는 마음 편히 대화할 수 있는 상대이자 삶의 버팀목이 되는 존재다. 수현과 서진, 성현에게 자매는 자기 역사를 부러 말할 필요가 없는 내부인자다. 또한 자매는 내부자이면서 가장 친한 또래 친구다. 같은 시대를 살아갈 뿐 아니라 같은 환경에서 성장한 만큼 폭넓은 공감대를 형성하고 자연스럽게 돌봄을 주고받는다.

나는 자매들 사이의 유대에 공감하기 어렵다. 자매가 없고, 오빠하고는 깊은 유대 관계를 맺은 적이 없다. 오빠하고 나는 어린 시절에 받은 상처를 공유하는 사이다. 그렇다고 서로 상처를 보듬고 위로하지는 않는다. 가끔 우연히 상대방이 받은 상처를 확인하면 '그 자리에 오빠가 있었구나' 하는 생각이 든다. 우리가 친한 남매 사이면 상처로 남은 기억이 조금은 희미할지도 모르겠다. 툭하면 싸운 우리는 청소년기부터 대화를 하지 않았다. 성인이 된 뒤로는 부모님하고 의견이 맞지 않을 때나 가정사를 공동으로 처리할 때 조율하는 구실을 번갈아 맡을 뿐이다.

나처럼 오빠나 남동생을 둔 여성 고립 청년은 형제에 관해 별다른 에피소드를 이야기하지 않았다. 특히 남자 형제하고 같이 사는 사례에서는 고립 시기 아무런 도움을 받지 못하거나 더 힘겨워지기도 한다.

하민은 주거비 부담을 줄이고 싶어 남동생하고 함께 사는데, 고립 시기에 동생은 어떤 도움도 주지 않았다.

고립 당시 같이 사는 동생이 도움을 주지 않았나요?
네. 관심이 없어요. 그냥 자기 일 아니면 관심이 없어요. …… 지금 동생 같은 경우에도 자기가 필요하니까 저한테 이제 살살거리면서, 집 같이 살아야 하니까, 비용을 부담하고자 저한테 같이 살자고 이렇게 얘기하는 거고. 그런 부분 자체도 자기들이 필요할 때 저를 이용하는 그런 느낌이 많이 드는 것 같아요. - 하민

일단 가장 큰 (가족) 분란의 씨앗은 아빠랑 오빠인데, 아빠가 바뀔 것 같지 않고 그렇다고 (오빠가) 집을 나갈 것 같지도 않아요. 아빠가 다 적이에요. 왜냐하면 항상 자기가 옳다는 식이거든요. - 재희

하민은 부모님과 남동생이 자기를 이용한다는 느낌을 받는다. 자기들이 필요할 때만 도움을 요청하고 하민이 도움을 받아야 할 때는 아무런 행동을 취하지 않는다. 재희는 오빠 이야기

를 자세히 하지 않았지만, 아버지에 대립하는 존재로 잠시 등장했다. 아버지와 오빠는 갈등을 만드는 사이였다. 재희는 가족하고 함께 살고 있어서 두 남자가 만드는 갈등을 옆에서 바라보다가 때때로 휘말릴 수밖에 없다.

여자 형제가 있는 여성 고립 청년들은 자매에 관한 이야기를 매우 구체적으로 털어놨다. 자매에게 여러 도움을 받은데다가 정서적 연결감도 느꼈는데, 남자 형제를 둔 참여자들은 남매 관계에 관해 구체적으로 이야기하지 않았다. 남자 형제에게 따뜻한 돌봄이나 솔직한 대화를 기대한 적이 없기 때문이었다. 이런 차이는 여성 고립 청년들이 바라는 관계를 이야기하면서 더욱 두드러졌다.

딸이 지닌 가능성을 차단하려 한 아버지는 앞으로도 성현이 경계해야 할 인간상이다. 그래서 성현은 남자하고 함께하는 삶을 상상하지 않았고, 지금까지 인생에서 가장 도움이 된 언니하고 살아가는 미래를 꿈꾼다.

앞으로도 언니랑 함께 살고 싶나요?

그렇죠. 네, 언니.

애인이랑 같이 살고 싶은 생각은 없어요?

생각은 했는데, 언니랑은 계속 가깝게 지내고 싶은 마음이 있어서 결혼까지는 또 생각은 안 해봤던 것 같아요. 그리고 또 애인을 지금 처음 사귀는 거라서. 그전에는 솔직히 남자인 친구도 별로 없었고, 그런 생각을 하다 보니까 내 첫 애인이라서……. 전에는 뭐 아빠 같은 사람이랑 절대 결혼하지 말아야지라던가, 뭐 이런 생각뿐이었고.

수현은 가족 안에서 엄마가 받는 스트레스를 완충하는 구실을 해왔다. 지금 함께 사는 엄마가 딸을 대신할 다른 남자하고 재혼하면 수현은 대화가 가장 잘 통하는 여동생하고 반려묘를 데리고 같이 살고 싶다.

얼마 전에 동생이, 동생한테 이번 추석 때 엄청 지랄했어요. 화를 냈어. 왜냐면 엄마는 남자 친구 집에 가 있고, 동생이랑 나랑 며칠을 보내고, 동생이 분명히 나한테 하루 더 있겠대요. 내가 '나 외로우니까, 하루 더 있어' 했더니 얘가 하루 더 있겠대요. 그럼 내가 '빵 사 올까?' 이래가지고 그렇게 약속을 했는데, 내가 운동을 다녀왔더니 얘가 갑자기 집에 가겠대. 근데 내가 너무 화가 나는 거죠. 갈 수도 있는 건데, 내가 개지랄을 했거든요. 말을 바꾸고 그런다고. 어쨌든 싸우고 집에 갔거든요? 그리고 나서 느낀 게, 동생이랑 나랑 고양이랑 이렇게 셋이 살면 좋겠다, 이 생각을 했어요.

왜요?

외롭더라고요, 혼자 있는 게. 혼자 있을 때는 괜찮은데, 마음이 제일 잘 통하잖아요, 자매가. 혼자 있다가 동생이랑 있으니까 너무 재미있는 거예요. 얘기하고 싶을 때 하고, 각자 일할 때 일하고, 그런데 갑자기 간다고 그러니까 너무 서운한 거. 그래서 이 생각을 최근에 했어요. '동생이랑 나랑 고양이랑 평생 살면 좋겠다.' 엄마는 재혼……. 그러니까 '나는 혼자 사는 게 그렇게 마냥 좋은 사람이 아니구나' 이런 생각을 했어요. 근데 그게 결혼은 아니고.

여자 형제가 있는 참여자 성현과 서진, 수현은 자기에게 가장 긍정적인 영향을 미친 여자 형제와 반려동물을 조합해 이상적인 미래를 그리고 있었다.

모든 여자 형제가 서로 긍정적 영향을 미친다고 단언하기는 어렵다. 여성 고립 청년 열 명 중 여자 형제를 둔 세 명이 한 경험이니 우연이라고 볼 수도 있다. 다만 남자 형제를 둔 여성 고립 청년은 형제에 관련된 구체적인 일화가 적었다. 특히 희망하는 관계에서는 한 차례도 등장하지 않은 만큼 남자 형제하고 맺은 관계는 별 의미가 없어 보였다. 남자 형제를 둔 여성 고립 청년 세 명과 내가 한 경험을 겹치면, 남자 형제는 원가족의 일부다. 함께 미래를 그리기보다는 원가족이 지닌 문제에 속해 있거나 그런 문제를 공동으로 감당하는 위치에 머무른다.

애인 — 가족보다 더 가족 같은

하루는 애인하고 함께 장을 보러 갔다. 마트에서 먹고 싶은 음식을 살지 말지 한참을 고민하는데 애인은 별다른 말이 없었다. 애인은 채식을 하는 중이었고, 내가 먹고 싶은 음식은 삼겹살이었다. 정육 코너에서 고기를 고르면서 눈치를 살폈다. 애인은 고기에는 관심이 없는지 다른 곳을 기웃거렸다. 지갑 사정이 여의치 않으니 포기하고 소시지 코너로 갔다. 소시지 가격도 만만치 않았다. '이럴 거면 그냥 먹고 싶은 삼겹살을 살까?' 다시 고기 코너로 갔다. 여전히 애인은 아무 말도 하지 않았다. 고기와 소시지를 모두 포기하고 애인하고 함께 먹을 수 있는 식재료를 담아 계산했다. 빵과 채소가 담긴 소박한 장바구니를 나눠 들고 집으로 가는 길, 괜스레 심통이 났다.

"내가 돈 때문에 고민하는 거 알면서, 아무리 자기가 고기를 안 먹는다 해도 말이라도 그냥 사라고 하면 안 되니?"

애인은 어안이 벙벙한 표정을 지었다. 속으로 이렇게 얘기하는 것 같았다. '내가 뭘 잘못한 거지?'

내가 만난 여성 고립 청년 중 애인이 있다고 답한 사람은 넷이다. 몸이 아플 때 애인한테 간병을 받았고, 진로 탐색에 간접적인 도움을 얻었고, 정서적 지원에 더해 재정적 부담도 나눴다.

이번에 수술했어요. 자궁 경부. …… 남친이 아무 말도 없이 그냥 해주더라고요, 간호를 그냥. 비용도 오빠가 좀 보태주고 그래서 말할 게 없어요. 말할 필요도 없어. ―세진

일단 애인한테는 사실 거의 모든 부분에서 정서적인 서포트를 기대할 수 있고, 그리고 사실 애인이 없었으면 (집을) 나가는 것도 경제적으로 혼자서 할 수 없었을 거예요. 그리고 같이 산다고 했을 때 돈을 둘이서 버니까 그래도 또 혼자 시작하는 거보다 훨씬 낫기도 하고, 실제로 일하기 전에 돈이 없을 때 참 자주……(도움을 받음). ―이정

세진과 이정은 애인이 있다. 돌봄을 받고, 경제적 어려움도 나눈다. 애인은 가장 일상적인 사이면서 가장 친밀한 관계를 형

성할 수 있는 대상이다. 애인이 있는 여성 고립 청년에게 애인은 '말할 필요도 없는' 사회적 안전망이다. 하민이 그랬다.

> 혹시 지금은 그러면 애인 없어요.
>
> 네……
>
> 왜 그런 표정을 지어요. 없을 수도 있지.
>
> 없어요.
>
> 애인이 가장 큰 나의 안전망이라고 얘기하시는 분들도 가끔 계셔서 (여쭤봤어요).
>
> 그 친구만 그랬어요.
>
> 그전에는 안 그랬고, 그 이후로도 안 그랬고?
>
> 네, 그 친구만. 제일 오래 사귀었던 친구이기도 하고.
>
> 그분이 가장 큰 안전망이 된 이유가 뭐였던 것 같아요?
>
> 그냥 휴식처 같았어요.
>
> 어떤 점에서요?
>
> 그냥 되게 한결같고, 그냥 옆에서 묵묵하게 있어주고. 가족보다 더 가족 같고 막 이랬었어요. 저를 생각해주고 아껴주고, 막 이렇게 했었으니까.
>
> 그랬으면 진짜 상실감이 크긴 했겠다.
>
> 네. 뭔가 방어막이, 큰 방어막이 사라진 느낌. 그래가지고 너무 힘들었던.

'가족보다 더 가족 같다'는 말에서 가족이란 어떤 의미인지 살펴야 한다. 하민에게 앞의 가족은 원가족이다. 자기에게 힘이 되지 않는, 필요할 때만 자기를 이용하는 사람들이다. 뒤의 가족은 자기를 아껴주는 사람이다. 변함없이 곁에서 자기를 지지하는 방어막 같은 존재다. 우리에게는 불안한 혈연 가족이 아니라 안전함을 느낄 수 있는 관계가 필요하다. 우리는 새로운 가족이나 안전한 관계를 주로 연애에서 찾는다. 사랑과 설렘이라는 자극이 주는 행복은 단기적이지만, 상대에게 진정한 안정감을 느낀다면 그 관계는 버팀목이자 안전망이 된다. 가족보다 더 가족 같다는 말은 그런 의미다.

나는 장을 보다가 고기를 사라고 권유하지 않는 애인에게 화를 냈다. 별것 아닌 일로 화낼 수 있다면 그만큼 그 사람은 내게 안전하다는 의미다. 언제나 느긋한 애인, 내 모든 면을 이해하고 그럴 수 있다는 말을 해주는 사람이다. 그리고 누구보다 나에게 가까이 있다. 일상적으로 연락하고 주기적으로 만나는 우리는 가장 친한 친구이기도 하다. 우리는 우리에게 일어난 모든 일을 이야기하고, 머릿속에서 벌어지는 작은 고민이나 분노, 죄책감, 우울, 슬픔, 기쁨, 행복을 나눈다. 그렇다고 단순히 긍정적인 영향만 주고받는 관계는 아니다. 거리가 가까운 만큼 나는 못난 모습도 많이 들켰다(그렇기 때문에 내게 더 친밀한 사람이 된다). 애인이 가끔 보이는 부족한 모습도 따져 보면 언제나 내

시선에 원인이 있다. 매의 눈으로 지켜보다가 내 분노 포인트를 자극하면 득달같이 화를 낸다. 그래도 옆에 있으리라는 사실을 알기 때문이다.

애인은 내 가장 중요한 자원이다. 그래서 나도 너무 막 나가지는 않으려 한다. 그 사람이 나를 떠난다면 나도 하민처럼 무너질 수밖에 없기 때문이다. 애인도 나도 사람이니까 우리는 어떤 이유든 이별할 수도 있다. 이별보다 두려운 일은 내가 상처를 주는 순간이다. 나는 화가 나면 아무 말이나 뱉는 나쁜 습관이 있다. 지친 애인이 나를 떠날지도 몰라 두렵다. 내 말이 상처가 된다면 나는 두려움에 앞서 죄책감을 견디지 못할 수도 있다. 몇 주가 지나서야 나는 고기 사건을 사과했다. 집에만 있다 보니 외부 자극에 쉽게 흔들렸다고, 별일도 아닌데 화를 내 미안하다고 말했다. 애인은 늘 그렇듯 쿨하게 내 사과를 받아줬다.

모든 애인 관계가 안전망이 될 수는 없다. 서진이 바로 그렇다. 서진은 스무 살에 폭력적 성향을 지닌 애인을 만났고, 그래서 집 밖에서 하는 활동이 좌절됐다. 자기가 겪는 어려움과 본능을 쉽게 드러내지 못하는 여성 고립 청년도 애인에게는 내밀한 속내를 보여준다. 애인은 정서적이고 물리적인 안전망이 된다. 다른 사람에게 털어놓기 힘든 어려움을 나누고, 때로는 돌봄과 경제적 부담도 공유한다. 이런 경향은 여성 고립 청년이 관계망이 부족하고 친밀하지 않은 관계에서 자기 이야기를 제대로 못하는 특성 때문에 더욱 강화된다. 게다가 애인은 새로운 가족을 만들 수 있는 유일한 선택지다. 가족에게 어려움을 드러내지 못하는 이들은 잠재적 가족인 애인을 통해 안정감을 누리고 싶어한다. 따라서 높은 친밀감을 형성한 애인이 떠나거나 애인 때문에 폭력을 겪으면 여성 고립 청년은 가장 수준 높은 고립을 경험하게 된다.

결혼 — 안정과 '정상'을 향한

20대 후반에는 결혼 안 하냐는 이야기를 자주 들었다. 그때도 지금 사귀는 애인을 만났다. 안정적으로 만나는 상대가 있다는 사실은 결혼에 관한 질문으로 이어졌다. 그런 말을 들을 때마다 나는 화났다. 결혼 안 한 나를 불안정한 상태로 규정하는 듯했다. 혼자인 나는 표류하는 존재일 뿐이었고, 불안정한 나를 결혼이 완성해준다는 말이었다. 나는 강하게 결혼이라는 단어를 거부했다. '하지 않겠다'가 아니라 '나를 있는 그대로 봐달라'고 호소했다. 지금 그런 말을 들으면 '남이사'라고 무시하겠지만, 그때 나는 '투사'였다. 페이스북에 이런 마음을 글로 썼다. 어떤 이들은 격하게 호응했고, 어떤 이들은 현실을 외면한다며 일축했다.

결혼이라는 흔한 단어 속에서 펼쳐지는 개인의 서사는 단순하지 않다. 결혼을 원하는 이들은 저마다 이유가 있다. 여성 고립 청년 열 명 중 네 명은 남자하고 함께 사는 미래를 그렸다(나머지 여섯 명은 각각 친구, 여자 형제, 지금 사는 가족하고 같이 살거나 혼자 살고 싶다고 말했다). 어린 시절 집을 나와 밖에서 성장한 세진은 지금 만나는 애인하고 결혼을 생각하고 있다. 원가족을 잃고 고립을 경험한 세진은 이제 평범하고 화목한 가족을 꾸리고 싶어했다.

저는 결혼해야 된다고 생각했어요. 옛날부터 그랬어요. 평범한, 화목한 가정이 필요하다고 생각했어요. 제가 원체 평범하지 않다고 생각을 해서, 나는 나중에 결혼해야지.

이전에 가족에게 받지 못한 안정감과 애정을 애인에게서 받은 경험이 있던 하민 또한 화목한 가정을 꿈꾼다.

제 가정을 꾸려서, 그러니까 지금 있는 이 가족의 느낌 말고 진짜로 화목한 가정을 꾸려가지고 잘살았으면 좋겠다.
<u>그 가정 안에는 어떤 사람들이 있나요?</u>
남편이라든지, 애들이라든지, 뭐 시댁 식구들인데, (지금 가족하고는) 완전 반대되는.
<u>왜 그런 생각을 하게 됐어요?</u>

차라리 그렇게 해서 내 가족을 만드는 게 낫지 않을까, 이런 생각이 들어요.

그런 생각을 자주 해요?

그런 것 같아요. 주변에서 결혼 얘기를 하도 많이 하니까.

주변 사람들이 어떤 이야기를 해요?

그냥, 결혼. 남자 친구랑 결혼할 거다, 이런 얘기 하다보니까 자연스럽게 그냥 그렇게 된.

세진은 자기가 경험하지 못한 '평범한' 가족을 꿈꿨다. 결혼해서 새로운 가족을 꾸려 정상성을 회복하고 싶었다. 하민은 가족을 구성해서 원가족이 주지 못한 안정감을 누리려 한다. 하민이 꿈꾸는 새로운 가족, 그중에서도 시댁이라는 구체적 존재는 현재 가족하고 반대되는 모습이다.

세진과 하민에게 원가족은 떠나야 하는 과거에 속하며 결혼해서 만들 새로운 가족은 과거에 속한 가족을 대신한다. 세진과 하민은 겉보기에는 평범하고 화목한 가족을 바라는 듯하지만, 궁극적으로는 결혼을 통해 결핍된 정상성과 부족한 안전망을 구축하고 싶어한다. 하민은 결혼을 꿈꾸는 이유로 주변 사람들을 꼽기도 했다. 주변에서 결혼 이야기를 자주 하는 바람에 자연스럽게 결혼을 꿈꾸게 되더라는 말이었다. 정상성과 안전망을 회복하고 원가족에서 벗어나려는 욕구는 주변 사람들이

하는 말을 거쳐 결혼이라는 일반적 현상하고 결합한다.

또한 결혼은 '계급적 현상'이기도 하다.[*] 배우자와 자녀하고 동거하는 핵가족형 가족의 사회경제적 지위와 가족 배경은 혼자 살거나 부모하고 함께 사는 여성 청년보다 나았다. 자기 자신의 소득 수준이나 가족의 사회경제적 지위가 낮은 여성 청년은 결혼을 희망하더라도 실제로 달성하기 어려웠다. 지금 만나는 애인하고 결혼하려는 세진은 결혼을 막는 첫째 걸림돌이 돈이라고 말했다.

현재 애인이랑 결혼을 생각한다고 했는데, 애인이랑 함께하는 미래를 만드는 데 걸림돌이라고 생각하는 게 있어요?

미래를 만드는 데 걸림돌? 일단 직접, 돈.

그게 해결되면 좀 편할까요?

그거랑. 확실한지, 그 마음에 대해서. 좀 그런 게 있지 않나?

상대방의 마음?

상대방도 그렇고 나도.

평생을 약속하는 것이 너무 부담스러운 걸까요?

네, 맞아요.

---

[*] 이순미, 〈노동경력과 가족경로 분석을 통해 본 청년기 연장의 젠더 차이〉, 《한국여성학》 33(2), 한국여성학회, 2017, 181~244쪽.

애인이랑 결혼이 아닌, 다른 관계나 모습을 생각해본 적 있나요?

글쎄요. 모르겠어요.

우리 사회에서 오래 유지되는 남녀 관계는 오로지 결혼으로 수렴된다. 우리에게 주어지는 다른 선택지가 없으므로 여성들도 오래 유지되는 남녀 관계를 곧 결혼으로 인식한다. 이성 애인하고 관계를 유지하거나 발전시키고 싶은 여성 고립 청년들에게 결혼은 유일한 경로로 제시되지만, 이 과제를 수행하려면 돈이 든다. 이럴 때 결혼은 간절히 바라면서도 쉽게 다다를 수 없는 목표가 된다.

이정은 머지않은 미래에 애인하고 함께 살려고 한다. 구체적인 계획도 세우고 있다.

지금 집을 알아보고 있어요.

애인이랑 같이 살 계획인가요?

그쵸. 근데 걔도 어차피 이제 다른 지역으로 출근해야 하고, 저도 직장은 계속 지금 거주하는 지역으로 다녀야 해서, 올해 끝날 때까지는 (이사하지 못함). 그래서 수원 쪽으로 알아보려고.

수원은 주거비가 어떤가요?

서울보다는 훨씬 (나음). 금리가 엄청 오른다고 하길래, 너무 목돈 빌리면 나중에 감당이 될까 싶어서 월세로 시작해볼까.

이정은 애인하고 함께 살면서 두 사람이 모두 정서적으로 성장하기를 바란다.

이것도 되게 최근에 내가 변했다고 생각한 지점인데, 그전에는 애인을 사귈 때 사실 '가치관이 맞는다'라는 이것도 전 전혀 신경을 안 썼거든요. 홍준표 찍은 애랑 사귄 적도 있고, 그냥 중요한 거는 나한테 잘해주고 애정 표현 많이 해주고, 그냥 그게 다였는데, 어느 순간부터는 그렇게는 못 사귀겠더라고요. …… 이제는 '친구든 연인이든 좀더 서로 좋은 영향을 주고받을 수 있으면 좋겠다' 하는 이 생각이 되게 강하게 들더라고요. 그리고 그게 애인에게 더 그런 걸 바라게 되고, 애인이 더 가깝고 계속 옆에 있는, 보내는 시간이 많은 존재고, 그리고 애인이랑은 관계가 발전하면은 그 형태가 결혼이든 다른 거든 어쨌든 인생의 동반자가 되는 그런 관계를 생각하게 되잖아요. 우리 둘의 세상에 갇혀 있는 게 아니라, 세상을 함께 살아가면서 뭔가 '이 사람과 함께 살아가고 발전해 나가고 이런 과정이 나에게 되게 즐거운 것이었으면 좋겠다' 하는 그런 연애를 꿈꾸게 되더라고요.

이정에게 관계의 중심은 정서적 성장이기 때문에 관계의 형태는 중요하지 않다. 결혼은 후속적이거나 부차적이다. 이정은 자기 세계를 확장하고 함께 성장할 수 있는 관계 자체가 필요할 뿐 결혼이나 연애 같은 관계의 형태는 문제가 아니었다.

세진과 하민, 이정은 모두 이성하고 결합하고 싶어했다. 그렇지만 구체적인 형태나 이유는 달랐다. 결혼을 바라는 세민과 하민은 자기에게 안정감을 줄 수 있는 새로운 가족이 필요했다. 그렇지만 결혼에서 가족으로 이어지는 경로 중 결혼에 투입할 비용을 감당할 수 없어 곤란을 겪었다. 동거 생활이나 애착 관계를 원하는 이정은 정서적 안정이나 성장을 추구하면서 결합 형태에는 중요하게 생각하지 않았다.

나는 지금 애인하고 함께 살고 있다. 주변 사람들은 우리가 '결혼했다'고 한다. 우리도 이제 그냥 결혼한 사이라고 말한다. 그래야 다른 사람들이 이해하기 쉽고, 나도 언제까지 투사일 수는 없으니까. 결혼식은 하지 않았다. 대신 가족들끼리 작은 행사를 치렀다. 그 소식을 페이스북에 올리자 여기저기서 축하가 쏟아졌다. 내 결혼이 축하받을 일이라는 사실이 신기했다. 결혼 소식을 알리지 않아서 서운하다는 사람도 나타났다. 급하게 약속을 잡아 결혼을 결심한 마음과 결혼을 하게 된 과정에 관해 이야기를 나눴다. 재미있게도 그전에 결혼을 해라 말라 하던 사람들, 현실을 부정한다는 등 내 의견을 일축한 이들은 아무 반응이 없었다. 오히려 예전에 나를 응원한 이들이 이번에도 내 결혼을 진심으로 축하했고, 나도 기꺼이 축하를 받았다.

미래의 결혼이 아니라 현재의 지지와 인정이 중요하다. 지금 내 모습을 인정하지 않는 이들은 앞으로 내 어떤 모습도, 어떤 말과 글도 알아주지 않는다. 그런 이들에게 우리는 여성 청년이라는 이유로 가르침이 필요한 대상이 된다. 그런 이들은 결혼을 둘러싼 우리의 고민을, 우리가 진정으로 원하는 관계와 미래를 기혼과 비혼에 얽힌 이야기로 읽는다. 결혼을 둘러싼 우리들의 이야기 속에는 평생 가보지 못한 세계를 향한 열망이, 정서적 안정과 성장이라는 희망이 자리하는데도 말이다.

공감 — 들어주기와 드러나기

"만약 지금 당신처럼 고립된 사람이 있다면 어떤 이야기를 들려주고 싶은가요?"

나는 인터뷰를 끝낼 때마다 매번 똑같이 물었다. 재희는 이렇게 답했다.

재희랑 비슷한 상황을 겪는 누군가를 만난다면 뭐라고 얘기하고 싶어요?

너무 어려운 질문인데요. 저도 아직 해결법을 못 찾아가지고.

한번 상상해본다면요?

(긴 침묵) 뭔가⋯⋯진짜 힘들 때는 그 어떤 말도 도움이 안 되거든요. 저도 겪어봐서⋯⋯(긴 침묵, 웃음).

어려우면 넘어갈까요?

네, 생각이 안 나요.

혹시 궁금한 거 있어요?

연구로 쓰이는 거잖아요. 이런 걸 뭔가 책을 낸다거나, 이런 거 하나요?

일단은 제 석사 논문에 쓰일 거예요. 책은 논문 내용에 따라 결정하게 될 것 같아요.

실은, 그냥 다른 분들의 이야기도 좀 궁금해서.

재희는 긴 시간 말을 멈췄다. 깊은 공감이 바탕에 깔린 침묵이었다. 재희는 다른 사람들 이야기를 궁금해했다. 자기 문제도 해결하지 못하면서 다른 사람에게 도움을 주기는 어렵다고 생각했다. 그렇지만 정말 그런 사람이 있는지, 자기하고 상황이 비슷한 사람이 있다면 어떻게 버티고 있는지 궁금해했다.

여성 청년의 고립 경험과 이 경험을 둘러싼 삶의 맥락은 사회적으로 드러나지 않는다. 청년이나 고립으로 한정된 단어 속에서 우리는 자기하고 닮은 이야기를 찾지 못한다. 이런 배경 때문에 우리는 자기를 탓하고 자기가 겪는 어려움을 이야기하지 못하게 되며, 결과적으로 더 깊은 고립 상태로 빠져든다.

전 계속 전화할 것 같아요, 일단. 제 친구가 어떤 상황인지 잘 모르겠지만 집 밖에 안 나오는 친구가 있거든요. 제가 계속 전화를 (해도) 안 받아요. 그냥 진짜 카톡 하나 띡 날라왔는데, 그것도 한 열두 시간 한참 지나서. 완전 제가 그랬던 거 좀 생각이 나서 보면. 근데 연락 진짜 안 받긴 하더라. — 세진

저는 제가 먼저 (전화를) 하는 쪽이라서.
친구가 고립된 상태라면 바로 전화하실 건가요?
엄청. 무조건 할 것 같아요.
그래 본 적은 있나요?
그래 본 적은 없는데, 그래도 힘들다 그러면 바로 가서 얘기 들어주고, 좀 그렇게 하는 거 같아요.
그럴 때는 어떤 마음일까요?
그냥 힘이 됐으면 좋겠다. 그냥 그런 것 같아요. 제일 큰 게, 힘이 됐으면 좋겠다. — 하민

우리는 쉽게 닮은 점을 찾아냈다. 우리는 분명 다른 사람이었다. 이 인터뷰가 아니라면 살면서 만날 일이 절대 없는 사이라는 이야기를 하기도 했다. 고립이라는 단어는 이렇게 다른 우리를 묶어주는 계기였다.

고립의 다른 이름은 아픔이다. 아픔이 있는 사람은 다른 이의 아픔을 알아본다. 내가 던진 질문은 사실 구체성이 없는 상대

를 향했다. 그렇지만 여성 고립 청년들은 '나 같은 상황'에 있고 '나 같은 고통'을 겪는 이에게 어떤 이야기를 들려줄지 고심했다. 재희는 어떤 사람이 자기 같은 상황에 있다는 생각만으로 고통스러워했다. 아무 말도 하지 못하겠다고 했다. 고립이란 기억하고 싶지 않은 과거이자 현재였다.

세진과 하민은 자기에게 도움이 된 말과 행동을 직접 실천하려 했다. 두 사람이 하려는 전화와 방문은 '들어주기'가 목표다. 수현은 자기가 도움받은 방식 그대로 이야기할 수 있는 시간과 장소를 마련해주겠다는 적극적인 의사를 내비쳤다.

수현 님이랑 비슷한 상황에 있는 사람이 있다면 어떤 이야기를 하고 싶은가요?

그럴 수도 있다. 그럴 수도 있고, 고립감 느낄 수도 있어요. 왜냐하면 나는 고립감 느끼는 데 되게 부정적이었거든요. '이런 고립감 느끼면 안 되는데?' 이런 게 되게 컸어요, 이 시기에. 근데 지금은 일 때문에 너무 스트레스 받아서 그런지, '고립감을 느낄 수도 있지' 이 생각이 들었으면 좀 덜 힘들었을 것 같아요.

'벗어나려고 너무 애쓰지 않아도 된다'라는 느낌일까요?

고립감이라는 게, 이런 감정을 느끼면 안 된다고 생각을 했던 것 같아요. 살다보면 고립감 느낄 수도 있는 거잖아요. '여러 감정 중의 하나라는 걸 인정을 하면 그래도 좀 덜 힘들었을 텐데' 그런 생

각하고. 그리고 좀 다른 사람한테 내가 못하는 (거지만), 다른 사
람한테 힘들다고 말해라, 얘기하는 거, 내가 못하는 거지만, 나한
테라도 말해라.

얘기하면 좀 나을 것 같아서요?

네. 공감을 받으니까요.

본인은 왜 하지 못하나요?

저는 어릴 때부터 내가 힘들다 이런 거를 얘기하는 데 죄의식 같은
게 느껴지는 게 있어가지고. 나보다 내 주변 사람들이 더 힘들어
보였거든요. 내가 힘든 거 말해서 부담을 주기 싫은 거죠.

　　수현은 말하기와 공감받기가 고립을 벗어나는 데 도움이
된다고 확신하지만 정작 자기가 겪은 어려움은 말하지 못한다.
　　여성 고립 청년은 자기 이야기를 하지 못하는 이유를 성격
탓이라고 말한다. 성격은 홀로 감당하고 해결해야 할 문제다.
자기 문제는 오롯이 자기가 잘못돼서 생긴 만큼 공격적 방식으
로 드러내면 안 된다. 다른 사람을 향해 공격적 방식으로 고통
을 표현하는 여성 청년이 있다면 큰 관심을 끈다. 사회가 승인한
젊은 여성이라는 범주에는 분노나 폭력이 포함되지 않는다. 고
립 시기에 경험한 외로움과 고통을 분노나 폭력으로 표출하지
못한 배경에는 이런 젠더화된 압력이 자리한다. 그래서 우리의
고통은 외부가 아니라 내부에 차곡차곡 쌓인다. 고립은 천천히

시작된다. 자기도 눈치채지 못한 순간순간의 고통과 강요된 침묵은 우연한 사건이나 질병, 진로 이행 같은 장벽에 부딪치면서 고립으로 이어진다. 고립이 시작되면 우리는 내부에 쌓인 고통을 하나씩 곱씹는다. 이 과정은 혼자만의 세계에서 일어나기 때문에 어떤 고통은 확대하고 어떤 고통은 회피한다. 이때 우리 이야기를 들어주는 사람이 있다면 어땠을까? 아니 애초에 순간순간의 고통을 어딘가에 말할 수 있다면 어땠을까?

안타깝게도 이 사회는 우리의 공감 능력을 적극적으로 이용한다. 우리는 말하는 자리가 아니라 들어주는 위치에 머무른다. 가족 내 돌봄 노동과 감정 노동이 전제인 일자리가 우리에게 익숙한 위치다. 그러나 여성 청년이 사회에서 떠맡은, 또는 사회에서 여성 청년에게 허락한 '들어주는' 자리는 이 사회가 인정하지 않고 경제적 이득도 없는 '보이지 않는' 공간에 있다. 타인을 이해하고 수용(해야)하는 사고 체계와 부정적 기억마저 제 탓으로 돌리고 마는 습관은 정치와 공공이 펼치지 않는 책 뒷면에 놓여 있다. 섭식 장애, 우울, 자살, 빈곤, 폭력, 고립에 관한 이야기가 조심스레 한 줄 한 줄 쓰이고, 허약한 가족 배경과 부족한 안정된 일자리가 여백을 채운다. 고립을 견디는 과정은 개인적이지만 고립에 접어드는 과정은 너무나 사회적이다.

우리 사회에 무엇이 필요하다고 말해야 할지 모르겠다. 우리 이야기를 들어달라는 말은 부족하다. 우리의 배경과 서사가 중요하다는 말은 나한테는 당연하지만 구체적이지 않다. 우리가 사회 곳곳에서 짊어지고 있는 공감을 사회가 우리에게 해줄 수 없는지 묻고 싶다. 우리에게 공감은 무엇보다 중요한 가치다. 우리는 아픔의 시간을 버티면서 우리를 타인에 연결하고 자기를 드러내는 방식으로 공감을 선택했다. 그렇지만 사회적 공감은 우리에게 너무 먼 이야기다.

여성 고립 청년을 만나면서 고립에 관련해 그동안 진행한 연구와 사업이 지나치게 사후적이라는 생각을 떨칠 수 없었다. 여성 고립 청년은 고통스런 경험을 말이 아니라 몸으로 드러낸다. 집 안에 몸을 묶어두고, 음식을 먹지 않고, 가족이 겪는 고통을 귀로 듣고, 아버지와 남자 친구의 폭력을 견디고, 자기 몸을 매개로 친밀감을 얻으려 하고, 손가락을 움직여 온라인에 자기만의 경험을 남기고, 도저히 견딜 수 없을 때는 스스로 삶을 마감한다. 우리 몸에 남은 기억도 사후적 기록일 수밖에 없다.

지금 별문제 없어 보이는 여성 청년은 어떻게 지내고 있는지 궁금하다. 어떤 상황에서 무슨 마음으로 지내는지, 어디에서 자기 이야기를 하는지, 이 책에 실린 다른 사람들 이야기를 읽고 공감하는지. 당신에게 닥친 불행을 문제 있는 성격과 잘못된 선택 탓으로 돌리고 있지는 않은지, 당신도 서서히 고립으로 접어들고 있지는 않은지 묻는다면, 여성 청년은 뭐라고 답할까.

한계 — 정책과 여성 청년

2023년, '고립 청년 지원'은 메인 정책 테마다. 어떤 이들을 고립 청년으로 정의할지 명확하지 않은 채 말이다. 고립이라는 상태는 시점상 한계를 지닌다. '지난 일주일 동안 몇 번 밖에 나간지' 묻는 문항으로 고립을 판별한다고 치자. 지난주에 기운이 없어 일주일 내내 집에 머물렀다. 이번 주에는 억지로 기운을 내 집밖에 나가 친구를 만났다. 이번 주에 설문에 답하면 나는 고립청년이 아니다. 내가 여성 고립 청년을 만날 때 고립을 경험한 사람까지 포함시킨 이유다. 고립 당사자는 공공을 상대로 새로운 관계를 맺기 어려울 수 있다. 활동을 시작하고 싶은 생각은 하지만, 그 시점이 지금은 아닐 수 있다. 운동을 시작해야겠다는 생각을 자주 하지만 헬스장에 당장 등록하지 않듯이.

고립의 시간 동안 자기를 돌보는 사람도 있다. 고립의 시간이 지나고 나서야 그때 자기 상태를 깨닫는다. 관계를 벗어나 쉬어야 하던 내 상태를 회고하기도 하고, 자기가 어떤 사람인지 탐구하는 과정이더라 말하기도 한다. 고립 문항은 쉼과 자아 탐구 욕구를 고립하고 구분하지 못한다. 쉴 필요가 있다는 이에게 틈을 주지 않고 고립이라는 현재 상태에 집중해 밖으로 나와야 한다는 메시지를 던진다.

이런 한계는 고립을 은둔 문제로 한정해서 빚어지기도 한다. 그래서 은둔을 고립을 구성하는 한 유형으로 보기도 한다. 그렇지만 여성 고립 청년들과 내 경험을 합쳐서 보면 밖에 나간다는 사실이 고립감하고 얼마나 무관한지 알 수 있다. 이룸은 가족하고 대화를 하면서도 고립감을 느꼈고, 성현은 아르바이트를 하면서도 고립이 해결되지 않았다. 집에만 있던 나는 '이렇게 누워만 있을 수 없다'는 생각에 밖에 나가지만 이내 집으로 돌아온 적이 있다. 개인이 느끼는 고립감을 분별하지 못하는 공공은 은둔 개념에 집착한다. 일주일에 외출한 횟수가 훨씬 객관적인 지표라고 생각한다.

은둔이라는 표현은 동거인이 있는 상황, 흔히 가족 동거를 동반한다. 밖에 나가지 않지만 가족하고 함께 살기 때문에 가족의 눈에 띄어 '문제'가 된다. 그런데 여성 청년은 가족 안에서 돌봄을 받는 대상보다는 돌보는 주체가 되라고 강요받는다. 가족들이 챙기는 밥을 먹는 사람이 아니라 가족들 끼니를 차려주는 사람이어야 한다. 가족 안에서도 차별이 있으며, 차별의 무게와 형태는 성역할에 근거해 만들어진다. 아픈 가족이 있을 때 실업 상태 여성 청년에게 돌봄을 떠넘기는 일도 흔하다. 또한 가족하고 함께 사는 이들은 밖에서 가져와야 할 물자를 가족이 해결해 줘 외출 빈도가 더 적고, 1인 가구는 모든 일을 자기가 직접 해야 해서 상대적으로 외출 빈도가 높게 나온다. 생계를 벌려고 단기 일자리를 구하는 사례도 많다. 은둔이라는 상태는 이런 경험을 포괄하지 못한다.

반면 도움을 줄 수 있는 사람 수는 무척 중요한 문항으로 여겨진다. 개인이 지닌 사적 자원의 규모를 단적으로 보여주기 때문이다. 공공은 이 숫자를 크게 주목하지 않는다. 기관에서 일할 때 내가 전문가 자문을 거치고 나서야 질문을 넣듯이 문항에 포함은 하지만 주목하지는 않는다. 대책이 없기 때문이다. 밖에 나오지 않는 이에게는 프로그램이나 일자리를 제안하면서 외출을 권하지만, 도움을 주고받을 만한 관계가 없는 이들에게는 무엇을 해줘야 하는지 모른다. 나도 이 문항을 통해 대안을 내놓기는 어렵다고 생각한다. 오히려 여기에서 우리는 구조적 한계의 실체를 건져내야 한다. 세진처럼 주변에 관계 자원이 없는 이들이 있다. 이런 이들은 고립에 가깝고 생계 위험도 훨씬 크다. 당연히 가족 배경도 도움이 되지 않는다.

가족 회복을 이야기할 생각은 없다. 가족이라는 안전망이 작동하지 않는 숱한 사람들을 공공이 포괄하지 못한다면 공공은 무슨 의미가 있을까? 사회경제적 지위가 높은 부모를 둔 청년이 진로 이행에서도 이득을 본다. 가족 회복은 이 간극을 결코 좁힐 수 없다. 부모의 사회경제적 지위가 개인의 삶을 제한하지 않도록 공공이 뭔가를 해야 한다. 먼저 가족 배경이 청년의 삶을 좌우하는 구조적 문제를 직면해야 한다. 다음으로 가족 개념을 확장해야 한다. 연우처럼 친구들하고 함께 사는 미래를 그리는 이들에게 친구가 실제적 안전망이 될 수 있도록 다양한 가족을 인정하고 가족 개념을 확장해야 한다는 말이다.

공공이 의도적으로 주목하지 않는 세계는 여성 청년의 삶이다. 고립 청년 지원 정책에서 말하는 고립 청년에 여성이 정말 들어갈까? 고립 연구에는 분명한 성차가 드러난다. 어떤 공무원도 자기 담당 업무(정책)가 '젠더 싸움'에 휘말리기를 바라지 않는다. 숫자에 담긴 의미를 언급하거나 해석하지 않는다면 이 문제는 피할 수 있다. 내가 퇴사 뒤에야 이 숫자를 뜯어본 이유도 어쩌면 이런 문제 때문이다. 젠더 싸움이라 말하지만, 사실 문제는 미소지니다. 여성 청년이 겪는 사회적 불평등은 테이블 위에서 사라지고, 어느새 젠더 싸움이 정치적 전장을 차지했다. 이런 상황 또한 아주 전통적인 미소지니다. 덕분에 여성 청년 대상 정책은 희미해지기 시작했다. 여성가족부 폐지론이 대표 사례다.

청년 정책에서 여성은 주 이용자다. 우리는 자기가 이용할 수 있는 정책을 적극적으로 찾아 나선다. 덕분에 나는 기관과 민간 단체를 통해 참여자 중 여덟 명을 만날 수 있었다. 여성은 공공에서 운영하는 프로그램이나 상담, 정보, 일자리를 남성에 견줘 쉽게 받아들인다. 이런 사실은 청년 연구뿐 아니라 다른 대부분의 분야에서도 확인된다. 여성 청년은 자기에게 닥친 어려움을 직접 해결해야 하는 문제라고 생각해서 주변에 도움을 요청하기를 꺼린다. 주변에 도움을 요청하는 대신에 정책을 활용한다. 기관 담당자나 단체 활동가는 '원래 그 일을 하는 사람'이라서 미안해할 필요 없이 도움을 받을 수 있다. 여성 청년이 공적 제도를 이용하는 비율이 높은 반면 여성 청년이 한 경험은 제도에 적극 반영되지 않는다. 여성 청년이 공적 제도를 이용하는 비율이 높다는 사실은 공공이 '컴퓨터 앞에 앉은' 이미지로 상상되는 남성 청년을 발굴하는 데 집중하는 근거가 되기도 한다. 앞뒤가 바뀌어 있다. 여성 청년이 공적 제도를 더 적극적으로 활용하는 이유는 '타인'에게 도움을 '요청'하는 방식보다는 '제도'를 '이용'하는 방식이 자기에게 더 손쉽기 때문이다.

똑같은 이유로 여성 청년에게 공공 일자리는 중요하다. 내가 만난 여성 고립 청년 중 여섯 명이 정부에서 운영하는 일자리 사업에 참여한 경험이 있다. 안정된 일자리에 진입하기 어려운 여성 청년에게 공공 일자리는 상대적으로 안전한 영역이다. 적어도 법적 테두리 안에서 운영되는 몇 안 되는 조직 중 공공 일자리는 그나마 접근하기 쉽다. 그렇지만 시험 치고 들어가는 공무원이 아니라면 대부분의 공공 일자리는 단기성이라는 한계를 지닌다. 길면 2년이고 짧으면 6개월이다. 이런 한계 탓에 실업이 반복되고, 실업은 고립으로 이어진다. 반복되는 굴레에 틈을 내려면 공공 일자리가 지닌 한계와 여성 청년이 공공 일자리에 스며들 수밖에 없는 현실을 오롯이 마주해야 한다.

개인을 둘러싼 다양한 배경을 확인하면, 우리는 여성 고립 청년이 겪는 고립이 생기는 원인과 여성 고립 청년에게 필요한 도움 목록을 직관적으로 살펴볼 수 있다. 도식 '고립을 구성하는 5대 요소'는 내가 만난 여성 고립 청년들에게 가장 큰 영향을 미친 삶의 구성 요소를 정리한 표다.

각각은 별개로 볼 수 없고 서로 강력히 끌어당긴다. 그중에서도 가족 배경은 개인의 삶에 상당한 영향을 미치지만 표현상 편의를 고려하고 영향력이 절대적이지 않기를 바라면서 '가족의 사회경제적 지위'라는 1개 축으로 구성했다. 개인이 지닌 자원은 '학력', '나이'(나이가 많을수록 고립을 극복할 다양한 전략을 마련해둔 사례가 많다), '직업적 안정성 또는 소득', '지지 관계'라는 4개 축으로 나눴다. 일단 내 사례를 도식으로 정리해봤다. 소득과 가족의 사회경제적 지위는 낮은 편에 속한다(이 둘은 맞물린 때가 많다). 그렇지만 학력과 나이는 높은 편이고 도움을 주

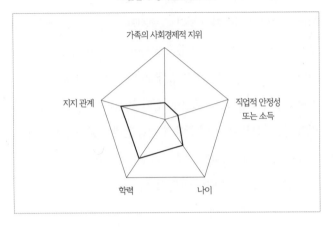

고립을 구성하는 5대 요소

가족의 사회경제적 지위

지지 관계

직업적 안정성
또는 소득

학력

나이

고받을 수 있는 관계가 많다고 생각했다. 이 간단한 도식을 바탕으로 여성 고립 청년 당사자는 자기에게 부재한 영역이 무엇인지 인지할 수 있고 기관은 다양한 시선으로 고립 당사자를 지원할 수 있다.

기관에서 이 도식을 활용한다면 개별 축을 숫자로 지정된 기준으로 나누기보다는 개인이 느끼는 주관적 수준으로 가늠하기를 권한다. 오각형이 좁을수록 실업이나 관계 단절 등을 겪을 때 외부에서 도움을 줘야 한다. 다른 자원이 없는 상황에서 유일하게 지닌 관계와 소득이 끊어질 때 여성 고립 청년은 무중력 상태가 된다. 이때는 어떤 위험이 생겨도 이상하지 않다. 생계를 위해 고이자 대출을 받거나 위험한 직업에 이끌리고, 자해와 자살로 이끄는 중력이 강해진다. 기관은 직접 나서서 지지 관계를 형성하거나 경제적 안전망이 될 수 있다. 개인에게 기관이 미치는 영향은 사적 자원에 견줘 밀도가 낮을 수밖에 없다. 그런데도 당사자가 손 뻗으면 닿을 곳에 공적 체계가 있다면 아무것도 남지 않은 이들이 기댈 유일한 안전망이 될지도 모른다.

5개 축 중에 당사자가 직접 조율할 수 있는 영역은 관계와 나이다. 새로운 관계를 애써 만들 필요는 없지만 안전망이 될 만한 존재를 떠올려볼 수는 있다. 그런 이들에게 도움을 요청하거나 그런 이들이 하는 연락에 반응하면서 우리는 연결된다. 이런 연결은 사회적 안전망을 다지는 토대가 된다. 나이는 우리가 죽지 않는 한 차곡차곡 쌓이기 마련이다. 나이를 먹는다고 모든 지표가 개선되지는 않는다. 그렇지만 30대인 여성 고립 청년들은 다양한 문제를 안고 살아가면서도 진로나 미래 불안이 덜했다. 이 열 명을 만나면서 나는 어떤 고통은 익숙해질 수 있다는 사실을 느꼈다. 다만 조금 덜 괴롭게 그 시간을 버티려고 스스로 다양한 장치를 구축해야 했다.

여성 청년들은 개인적 노력을 하면서 고립을 버텨낸다. 공공 일자리, 심리 상담, 책 읽기, 산책, 등산에 더해 유튜브로 긍정적인 이야기를 들으면서 마음을 다잡기도 한다. 삶을 개선하려고 노력해온 우리는 오히려 너무 노력하는 바람에 '지원 대상'에서 밀려난다. 나보다 밖에 덜 나가는 사람, 나보다 더 위험한 사람을 생각해 자리를 내어준다. 영국에는 외로움부가 있다. 경제학자 노리나 허츠가 쓴 책《고립의 시대》는 내가 논문을 쓰던 때부터 지금까지 베스트셀러에서 내려오지 않았다. 이 책은 원제가 '외로움의 시대The Lonely Century'다. 우리 사회가 고립에 집중하자 '외로움'을 '고립'으로 바꾼 듯하다.

개인이 느끼는 외로움에 집중하면 우리는 더 많은 여성 청년을 만날 수도 있다. 일하면서도 고립감을 느낀다고 털어놓은 연우들을, 일하지 않을 때는 고립감을 느끼고 일할 때는 또 다른 어려움을 겪는다는 수현들을, 기관에서 운영하는 다양한 프로그램에 참여하지만 삶이 달라지지 않는다고 괴로워하는 재희들을, 내가 만난 여성 고립 청년 열 명이 한 경험하고는 또 다른 여성 청년의 삶들을.

버티기 — 시간을 견디기 위해

마지막으로 고립을 경험하는 이들에게 여성 고립 청년들이 고립을 견뎌낸 방법을 소개하고 싶다. 사람마다 적절한 시기가 다르니 당장 이 방법을 실행하지 못한다고 해서 좌절할 필요는 없다. 이때다 하는 순간이 올 수도 있고 그냥 한번 시도해보고 싶을 수도 있다. 그럴 때 떠올릴 만한 지침이다. 사실 '고립을 벗어나는 방법'이라기보다는 고립 시기를 버텨내는 방법이자 사회와 사람에 연결하는 방법에 가깝다. 고립을 정의하기 어려운 만큼 고립을 벗어나는 비책도 찾기 어렵다. 물론 자기만 아는 방법으로 고립을 버틸 수도 있다. 고립의 시간을 흘려보낸 사람이라면 읽으면서 빠진 부분은 없는지 점검해봐도 좋다. 고통의 기록은 때로 누군가에게 소중한 지침이 되기도 하니까 말이다.

다양한 공적 지원을 이용했다. 사적 지원 체계가 전혀 없는 이는 기초 생활 수급자나 차상위 계층에 등록해 복지 서비스를 받았고, 정신적 문제를 인지한 이들은 병원을 찾든지 정부나 지자체에서 운영하는 마음(심리) 상담을 받았다. 마음 상담은 생각보다 많은 곳에서 무료로 운영한다. 거주지하고 함께 '청년 상담'이나 '마음 상담'을 검색하면 된다. 고용노동부에서 운영하는 심리 상담도 있다. 1인 가구라면 건강가정지원센터(1인 가구 지원 사업을 따로 운영하는 곳이 많다) 같은 데에서 운영하는 상담도 이용할 수 있다.

마음 돌보기는 말하기의 시작이다. 내 고통을 마주하고 입 밖으로 내놓는 경험은 생각보다 효과가 크다. 광주광역시는 은둔형외톨이지원센터를 운영하고 서울특별시도 고립 청년을 지원하기 시작했다. 단계별 지원이 마련돼 있으니 자기에게 맞는 단계를 확인하면 된다. 수면 문제나 무기력이 너무 심하면 병원에 가볼 수도 있다. 이런 문제로 병원 문을 두드리기가 무섭겠지만, 자기에게 맞는 약물을 처방받고 그 약 덕분에 효과를 보면 나처럼 '진작 먹을 걸 그랬네'라는 생각이 들기도 한다.

정책이 아무리 한계가 뚜렷하다고 해도 여성 고립 청년에게 도움이 필요하다는 사실은 바뀌지 않는다. 내게 도움이 될 만한 정책이 있다면 마음에 들지 않는 면이 보이더라도 적극 이용해야 한다. 정책은 시민으로서 우리가 당연히 누릴 수 있는 권리다. 불편한 순간을 마주하면 다른 참여자들하고 의견을 나눠도 좋고, 주최 쪽이 배려가 부족하거나 합리적이지 못해서 생기는 문제라면 담당자에게 직접 항의해도 좋다. 절대 혼자 그 마음을 끌어안은 채 다시 고립되지는 말아야 한다. 당신이 그 자리까지 가느라 짜낸 용기는 결코 가볍지 않다. 다만 의견을 내도 곧바로 받아들여지지 않을 수 있다. 복잡한 행정 절차 때문이거나 담당자가 민원을 예민하게 이해하지 못한 탓일 뿐, 내 존재, 그리고 내가 낸 용기하고는 아무런 상관이 없다.

관계 유지하기와 관계 만들기

나하고 상황이 비슷한 친구를 찾아봐도 좋다. 당신도 알겠지만 친구에게 내 삶을 전적으로 의지할 수는 없다. 친구에게 도움을 요청하는 행위 자체가 민폐라고 생각하는 사람이 많을지도 모르겠다. 그래도 평생 사람을 안 보고 살 수 없으니까 간단한 대화와 만남을 시도하자. 그나마 가장 편하게 이야기 나눌 상대를 떠올린 뒤 연락해서 카페에 가거나 영화를 보자고 제안할 수도 있다. 조금 더 친밀한 사이라면 지금 내 상태를 이야기할 수도 있다. 상대방이 궁극적인 해답을 줄 수도 없고 내 생활을 송두리째 바꾸지도 못할 테지만, 연결감을 찾는 일은 중요하다. 작은 연결 고리가 사람들을 향한 신뢰를 쌓고 고립을 벗어날 가능성을 조금씩 만들어주기 때문이다.

주변에 생각나는 친구가 없다면 오히려 새로운 관계가 도움이 될 수도 있다. 의사, 상담사, 기관 담당자는 그럴 때 도움을 주려고 일하는 사람들이다. 마음을 내려놓고 내가 사는 곳 주변에 가볼 만한 곳을 찾자. 정부나 지자체에서 운영하는 기관은 세금으로 운영되는 곳이니 가장 먼저 가볼 만하다. 서울에는 '오랑'이라는 청년 기관이 권역별로 있다. 가벼운 취미 모임도 여럿 운영하니까 관심 있는 주제를 중심으로 인스타그램이나 서울청년포털을 눈여겨보자. 서울뿐 아니라 거의 모든 지역에 청년센터가 있다. 서울처럼 촘촘하게 나뉘지 않을 뿐이다. 내가 이용할 만한 복지 정책이나 서비스를 안내하기도 한다. 당장 신청할 서비스가 없을 때는 담당자에게 관심 있는 프로그램이 언제 시작하는지, 올해 남은 일정이 있는지 물어봐도 좋다. 성실한 담당자는 자기가 하는 일에 관심 있는 당신을 고마워한다.

일상 만들기

외출하지 않는 상태이고, 그 상태가 문제라고 느낀다면, 먼저 작은 일상을 만들어보자. 정말 무기력할 때는 며칠이고 집 밖에 나가지 못한 내가 하는 이야기가 도움이 될지 모르겠다. 항우울제를 복용하면서 상태가 조금 나아진다고 느낄 즈음 나는 여러 가지를 시도했다. 일단 집 앞 편의점이나 마트를 가기 시작했다. 딱히 필요하다고 느끼지 않는 물건, 이를테면 탄산음료나 쿠키를 사러 일부러 밖에 나갔다. 처음에는 얼른 사서 돌아오려 했고, 시간이 흐르면서 외출이 익숙해지자 벤치에 앉아 지나가는 사람을 구경하거나 집 안에서 할 일, 이를테면 에스엔에스 활동을 하기도 했다. 밥을 먹기 힘들면 적어도 하루 두 끼를 목표로 삼아서 시리얼이나 김밥, 샌드위치로 해결할 수 있다. 누가 밥을 차려주면 억지로 먹더라도 일단 먹어야 하고, 좀더 기운이 있다면 직접 음식을 해도 좋다. 밥 안 먹어 기운이 없고, 그래서 더 안 먹는 악순환을 끊으려면. 순식간에 이 과정을 해치우려 하기보다는 천천히 한 동작씩 해보면서 내 뜻대로 움직이는 내 몸을 느껴보자.

　　나는 고립 시기에 유튜브를 달고 살았다. 유튜브는 정말로 권하고 싶지 않다. 정 뭔가 봐야겠다면 차라리 온라인 동영상 OTT 서비스를 이용하자. 오티티에서 방영하는 콘텐츠는 적어도 여러 차례에 걸쳐 여러 사람이 관여해 만든다. 유튜브도 그런 과정을 어느 정도 거치지만, 자기 채널에 관심 있는 사람들을 붙잡아두려고 지나치게 자극적인 내용이나 편향된 시선을 담기 마련이다. 그런 콘텐츠는 고립 시기에 전혀 도움이 되지 않았다. 사건과 사고 채널을 자주 볼 때는 밖에 나가면 내게 그런 일이 벌어질 듯한 느낌이 들어 두려웠다. 수현은 유튜브로 긍정적인 이야기를 듣거나 시골살이처럼 정적인 콘텐츠를 봤다. 유튜브에서 안정감을 주는 콘텐츠만 골라 보는 방식도 괜찮다.

많은 이들이 운동을 시작한다. 내게는 운동이 큰 몫을 하지 못했다. 시간이 자유로운 헬스장에 등록하면 하루 이틀 열심히 가다가 곧 지쳐서 한두 주를 빠졌다. 아침에 일어나고 싶어서 집 근처 운동 시설에서 하는 오전 프로그램에 등록한 적도 있는데, 자느라 자주 못 갔다.

잊지 말아야 한다. 오늘 내가 생각한 만큼 활동을 하지 못한다고 해서 죄책감을 느끼거나 좌절하면 안 된다. 우리하고 다르게 '정상적' 생활을 하는 사람들도 운동 문제에서는 엇비슷하다. 며칠 열심히 하다가 몇 주 동안 쉬는 루틴은 똑같다. 게다가 집 안에서 누워 있는 생활이 익숙한 사람에게 집 밖에서 하는 활동은 큰 부담이 될 수밖에 없다. 이 활동 때문에 내가 지칠 수 있다는 사실을, 오늘 활동을 하면 내일은 쉬어야 한다는 내 현실을 기억하자. 우리는 느리게, 천천히 시작해야 한다.

일하기와 대화하기

고립을 끝내려고 일을 하려는 사람 중에는 어디에서 시작해야 할지 몰라 막막해하는 사례가 많다. 먼저 일하지 않는 상태와 고립은 다른 개념이라고 생각해야 한다. 일어나고, 먹고, 씻고, 뭔가 하는 일상을 먼저 만든 뒤에 일자리를 알아보면 부담이 덜하다. '사람인'이나 '잡코리아'에 바로 들어갈 수도 있지만,

국민취업지원제도 같은 정책을 이용할 수도 있다. 국민취업지원제도는 종류에 따라 사업에 참여하는 동안 지원금을 받을 수 있다. 성현처럼 고용노동부 인턴십 사업을 알아봐도 좋다. 일자리 관련 제도는 무척 다양하고 지원 대상도 폭넓은 편이다. 처음 일터에 들어가면 여러 가지 어려움에 부딪치기 마련이다. 그럴 때 혼자 삭이거나 손쉽게 퇴사를 결정하지 말고 대화가 될 만한 주변 사람을 찾아 꼭 상의해야 한다. 계약 기간이 끝난 뒤 고립되는 상황이 염려되면 일상을 유지할 수 있는 장치를 미리 마련해놓자. 책 읽기 모임이나 운동 모임도 좋고, 관심 있는 분야를 다루는 스터디 모임에 참여할 수도 있다.

내가 가장 좌절한 영역은 사회성이다. 사람을 만나고 대화하는 시간을 즐기던 내가 이렇게 말 한마디 하기도 어려워하는 사람이 된 현실을 받아들이는 데 오랜 시간이 걸렸다. 고립감이 사라질 무렵 책을 쓰기 시작했는데, 책을 쓰는 과정도 혼자 하는 작업이라 무너진 사회성은 금세 회복되지 않았다. 사회성 문제는 고립을 경험한 모든 이들에게 공통적으로 나타난다. 오랜만에 사람을 만날 때 억지로 밝은 모습을 보이려 하면 몸과 마음에 무리가 따른다. 사회성이 떨어진 나를 받아들인 뒤에는 오히려 애쓰지 않으려 노력한다.

처음부터 여러 명을 만나야 하는 자리에 가면 힘들 수 있으니까 일단 아는 사람이나 편한 사람 위주로 가볍게 만나면 좋겠다. 여러 명이 있는 자리에서는 여럿 중 하나라는 이점을 활용하자. 조용히 있어도 아무도 이상하게 생각하지 않는다. 대화하기 어려우면 다른 사람들 이야기를 들으면서 적당히 반응하기만 해도 괜찮다. 의도하고 다르게 헛소리를 해도 상관없다. 많은 대화가 오가는 곳에서는 내가 말한 몇 마디를 오래도록 기억하는 사람이 별로 없고, 상대가 불편한 기색을 비치면 바로 사과하면 된다. 상대 반응을 읽고 곧바로 반응하기 어려울 수도 있는데, 그런 상황은 또 그런 상황대로 괜찮다. '사람이랑 대화하는 일이 엄청 어렵구나. 나새끼의 귀여운 사회성, 다음에는 잘해보자' 식으로 생각해보자.

얼마 전 150여 명이 모이는 1박 2일 행사에 참여했다. 아는 사람 하나 없는 그곳에서 잘 지낼 수 있을지 걱정이 많았는데, 다행히 별일 없이 지나갔다. 1박 2일 행사에서 나는 거기 모인 149명 중에 나처럼 이 상황을 불편해하는 사람이 있다는 사실을 알게 됐다. 그런 사람들은 신기하게 나를 알아보고 먼저 말을 걸어왔다. 아주 조심스럽게, '저도 이런 자리 불편해요'라고, '오늘 사회성 다 써버렸네요'라고. 그렇게 새로운 사람을 사귈 수 있다. 꼭 시끌벅적하고 활기차야만 새로운 관계가 만들어진다는 법은 없다.

여러 번 고립을 반복한 사람이라면 이 모든 과정을 이미 경험한지도 모르겠다. 주변에 아무것도 없고 아무도 남아 있지 않다는 생각이 들겠지만, 우리는 살기 위해 결국 뭔가를 부여잡게 된다. 당신은 아무것도 하지 않는다고 느끼겠지만, 이미 살면서 숱한 노력을 해왔다. 그 결과 지금은 아무것도 할 수 없을 만큼 지친 상태라는 사실을 받아들이면 된다. 그렇지만 여전히 머릿속에서는 아무것도 하지 않는 자기를 탓하고 있어서 온전히 쉬지 못한다. 누워 있다고 해서 온전히 쉴 수만은 없다. 일주일을 똑같이 누워서 보내더라도 그중 하루나 이틀은 '진짜 쉬는 날'로 정하고 신나게 쉬자. 전혀 다른 기분을 느낄 수 있다.

고립의 시간이 길어지면 죽음을 떠올리게 된다. 사실 죽음은 고립된 사람뿐 아니라 모든 사람에게 주어진 장기 과제다. 내가 만난 여성 고립 청년 중에는 죽지 못해 고립의 시간을 버티게 된다고 말하는 이가 많았는데, 다시 생각하면 오히려 죽음은 버티게 되는 요인이다. 조금 우스운 이야기이지만, 나는 화장실에서 하찮은 삶을 고찰했다. 뭘 잘못 먹은 모양인지 배탈이 나서 변기에 앉아 벽을 부여잡고 괴로워할 때였다. 죽을 만큼 아파서 이 고통만 가신다면 더 바랄 것이 없겠다는 생각이 들었다. 무기력에 절어서 삶의 의미를 찾지 못한 채 몇 달을 보내다가 고작 화장실 변기에서 생의 의지를 되살리는 내가 우스웠다.

산다는 것이 별거 없는데, 배탈만 멎으면 행복할 수 있다고 생각하는 존재가 사람인데, 무슨 삶의 의미를 찾나 싶었다. 고립의 시간에 나는 웃는 법을 잊고 살았다. 변기 위에서 삶을 고찰한 그 순간만 웃을 수 있었다. 그동안 나를 괴롭힌 고민과 고통은 배탈 앞에서 작은 일이 됐다. 살려는 사람은 어떻게든 뭔가를 부여잡는다. 변기 위에서 삶을 고찰하는 순간일 수도 있고, 날마다 일어나는 식욕일 수도 있고, 트위터에 내뱉는 몇 마디 말일 수도 있다. 고립의 시간을 버텨내려면 뭐든 누구든 쓸 수 있는 자원을 모두 활용하고, 받을 수 있는 도움을 모두 받아야 한다.

에필로그

말하기를 마치며

이 책을 쓰는 동안 많은 변화가 일어났다. 그중 하나가 결혼이다. 고립의 시간을 지나면서 애인하고 함께 사는 미래를 다시 생각하게 됐다. 솔직히 말하면, 타인하고 함께 살지 않으면 위험할 수 있다고 생각했다. 대학원 수업이 끝나고 자정 즈음 집에 온 어느 날 옆집 사람이 나를 기다리고 있었다.

"알려드릴 일이 있어서 기다렸어요."

밤 12시에 일부러 기다리고 있다니까 당황스러웠다. 옆집에 산다는 사실 말고는 아무것도 모르는 사람이었다. 나처럼 혼자 사는 여성이었고, 가끔 복도에서 마주치면 짧은 인사를 나눴다. 얼굴을 제대로 본 적도 없었다. 가끔 인사할 때면 '옆집은 우리 집보다 크려나?' 같은 궁금증이 날 뿐이었다. 불편한 일이 아니면 이웃을 만나 이야기할 일이 별로 없는 사회에서 자정이 다 돼 옆집 사람이 말을 걸다니 덜컥 두려운 마음부터 들었다.

'우리 고양이가 너무 시끄러웠나?'

수다스러운 반려묘 방원이하고 살면서 언제든 닥칠 수 있는 상황이라고 생각한 만큼 사과할 태세부터 취했다. 그런데 이웃은 오늘 저녁에 모르는 사람이 자기 집 현관문을 열려 하더라고 이야기했다. 누구냐고 물으니 침입자는 곧 사라졌지만, 이웃은 경찰에 신고하고 같은 건물에 사는 집주인에게도 알렸다. 혼자 사는 나도 알아야 할 듯해 내가 들어올 때를 기다린 모양이었다. 내 일이 될 수도 있었다. 두려웠다. 한편으로는 나를 기다려준 이웃이 고마웠다. 혼자 산 지 4년 만에 처음으로 이웃하고 전화번호를 교환했다. 집에 들어온 나는 놀란 이웃을 위로하고 혹시 무슨 일이 생기면 나한테 꼭 연락하라는 내용으로 문자를 보냈다. 가장 가까운 곳에 있으니 당장 달려갈 사람이 필요할 때 서로 도움이 될 듯했다. 얼마 뒤 집주인도 무슨 일 생기면 바로 연락하라는 메시지를 보냈다. 다행히 아무 일도 벌어지지 않았지만, 이 사건은 우리 건물에 사는 모든 사람을 두렵게 했다.

외부 침입자보다 더 자주 마주하는 두려움은 일상의 무기력이었다. 좋은 친구들이 있었지만, 정작 침잠하는 순간에는 애인과 원가족에게 의지했다. 나는 가족주의와 이성애를 벗어난 나를 상상하지 못하는가 싶어 아쉬웠다. 그렇지만 살아가려면 내게 주어진 모든 자원을 활용해야 했다. 이성애적 관계건 그토록 거리를 두려 애쓴 가족이건 상관없었다. 대화가 필요할 때는 엄마에게 전화했다. 이유 없이 일상 이야기를 주고받으면서 독립 생활 4년 동안 한 달에 한 번 할까 말까 하던 대화가 일주일에 두세 번으로 늘었다. 너무 힘든 날에는 일하고 있는 애인에게 염치없이 연락해 퇴근하고 와달라 했다. 누구라도 필요했다. 애인이 온다고 해서 특별히 달라질 이유도 없고 애인이 떠나면 다시 똑같은 상태로 돌아갈 테지만, 내가 할 수 있는 일은 '와달라'는 부탁뿐이니 그 정도라도 해야 했다. 병원에도 갔다. 몇 해 전먹은 항우울제를 다시 처방해달라 했다. 약효가 있기를 바랐다.

온갖 노력 덕분인지 거주 환경이 바뀐 때문인지 모르지만, 나는 나아졌다. 이제는 사람을 자주 만난다. 친구를 만나기로 약속한 날, 시간 맞춰 일어나 머리를 감다가 문득 달라진 나를 느꼈다. 이전에는 시간에 맞춰 일어나기가 힘들었다. 머리 감기는 더 힘들었다. 머리 감기 싫어서 약속을 취소한 적도 많다. 그런데 요즘은 사람을 만날 때 필요한 에너지를 기꺼이 쓴다. 덕분에 한동안 끊고 지낸 소비를 다시 시작했다. 입고 나갈 옷이 변변찮아 원피스와 맨투맨 티셔츠를 하나씩 장만했다. 날씨 변화에 무딘 채로 지낼 때는 외출할 때마다 여름에는 너무 덥고 겨울에는 너무 춥게 입었다. 사람을 만나면 더워 보인다거나 춥겠다는 말을 자주 들었다. 새 옷을 사고 약속도 잡히니 자연스레 계절에 맞는 옷을 입게 됐다. 날씨 뉴스도 간간이 보면서 내일 입을 옷을 미리 생각해둔다.

논문을 쓰는 동안 주변에서 논문을 바탕으로 단행본을 내라고 권했다. 나는 영 자신이 없었다. 책은 논문보다 보는 사람이 많을 텐데, 부족한 점이 낱낱이 드러날 텐데, 다른 사람들이 보이는 반응을 감당할 수 없을 텐데, 걱정했다. 그렇지만 함께 공부하던 친구들 덕분에 용기를 내기로 했다. 이 사회에 내가 존재한다는 사실을 드러내고 싶었다. 나뿐 아니라 우리가 있다고 말하고 싶었다. 여성 고립 청년 이야기를 책으로 낼 출판사를 찾아보기로 했다. 책을 살 때 출판사를 눈여겨본 적이 없어서 막막했다. 출판사 딸세포를 꾸리는 김은화 편집장이 이 주제에 관심을 보일 만한 출판사를 여럿 추천했다. 집에 와서 그중 네 곳에 메일을 보냈다. 다음 날 이매진에서 연락이 왔고, 광화문에서 정철수 편집자를 만나 계약서에 사인을 했다. 미팅이 끝나자마자 엄마에게 전화해 계약한 소식을 알렸고, 애인에게는 메시지를 남겼다. 긴 고립이 끝나는 순간이었다.

나를 바꾼 가장 큰 요인은 인정이다. 출판 계약은 이 사회에 나와 우리, 여성 고립 청년 이야기를 듣고 싶어하는 사람이 있다는 사실, 내가 쓴 글을 읽으려 하는 사람이 있다는 사실을 알려줬다. 논문을 책으로 고쳐 쓰면서 나는 우리들 사이의 차이를 깊이 생각했다. 내가 겪은 고립이 그저 대학원 생활에서 맞닥트린 고통에 지나지 않을지도 모른다는 점을 돌아봤고, 대졸이면서 정규직 일자리를 경험한 내가 그저 우울감에 젖어 쓴 이야기일지도 모른다는 점을 점검했다. 그렇지만 우리는 닮은 점이 더 많다. 아빠를 보면 답답하지만 엄마를 보면 미우면서도 애잔하다. 또한 정신과 진료나 상담을 경험한 적이 있거나 고려한다. 안 먹거나 대충 먹고 지낸 날들, 또래 친구들 사이에서 느끼는 괴리감, 진로 걱정과 비인간 동물을 사랑하는 마음까지. 닮은 점은 비슷하다고 썼고, 다른 점은 다르다고 썼다.

학력과 나이는 경제적 안정성에 맞닿아 있었다. 대졸이면서 나이가 많을수록 일자리나 소득이 안정됐고, 진로 고민도 상대적으로 적었다. 학업을 중단한 적이 있거나 대학에 가지 않은 20대 참여자는 단기 일자리나 아르바이트 말고는 일 경험이 없어 진로 고민이 컸고, 미래 불안도 높았다. 가족 배경은 여성 고립 청년이 지닌 가장 큰 자원이었다. 가족 소득이 많거나 사회적 지위가 높으면 스스로 고립 상태를 벗어나려 할 때 도움을 받을 수 있었다. 반면 가족 배경이 없는 사람은 생계 위험을 경험하거나 인적 자원이 형성되지 않아 도움을 요청할 곳이 전혀 없었다. 인적 자원 문제는 다시 진로 설계 문제로 연결된다. 우리 사이의 공통점과 차이점은 충분히 이야기할 만한 내용이다. 아니, 이야기돼야 한다. 고립의 끝을 경험한 여성 고립 청년은 실업이나 관계 단절 같은 사건, 정신적 어려움 때문에 또 고립될지도 모른다. 반복되는 고립이 늘 반복으로 그치고 말지 누가 알겠는가.

이 책은 한계가 몇 가지 있다. 먼저 여성 청년 범주를 단순하게 처리했다. 트랜스 여성이나 레즈비언 여성을 충분히 포괄하지 못했다. 기관에서 일한 경험을 돌아보면 이런 사람들은 성적 정체성 때문에 사회관계와 가족 지원이 단절되기 쉬웠고, 때때로 정신적 어려움을 겪으면서 안정된 일자리에 진입하지 못했다. 이런 경험을 담아내지 못한 점이 가장 아쉽고 미안하다. 또한 수도권 밖 여성 고립 청년의 삶을 담지 못했다. 기회가 되면 지방에 사는 여성 고립 청년들의 고립 경험을 자세히 듣고 싶다. 성장기를 보낸 지역을 떠나지 않은 여성 청년의 경험, 또는 수도권 바깥으로 이주한 여성 청년의 서사는 여성 고립 청년을 둘러싼 구조적 배경을 더욱 다양하게 설명할 수 있기 때문이다.

요즘 청년 고립이 관심을 끌면서 관련된 연구나 사업이 늘어났다. 덕분에 나도 청년 고립 관련 연구에 참여하거나 글을 쓰면서 밥벌이를 한다. 이 사회 속에 내가 있고 내가 할 일이 있다는 사실이 기쁘다. 침잠하는 나를 이 사회가 불러줄 때 나는 사회인이자 직업인이 되고, 다시 말할 수 있는 사람이 됐다.

짧은 시간이지만 기꺼이 자기 이야기를 들려준 여성 고립 청년 열 명에게 고마움을 전한다. 그이들이 내 글을 거치지 않고 스스로 자기 경험을 말할 수 있는 자리가 늘어나기를, 그이들이 하는 이야기를 귀하게 듣는 이가 많아지기를 진심으로 바란다.